OHSAMA BUNKO

眠れないほど面白い『伊勢物語』

岡本梨奈

三笠書房

オレ、主役の在原《ありわらの》業平《なりひら》です！
「昔、男ありけり」から始まる『伊勢物語』
皇族出身です！
イケメンで歌もうまい
いえ、「業平と思われる男」が主人公です。

当然、メチャクチャモテる!!
業平さま～♡
九十九歳(?)の老女にストーカーされたり
伊勢神宮に仕える斎宮と浮き名を流したり
一大スキャンダル!?
禁断の恋!?
他にもドキドキ恋物語が満載!

京から東国へも旅します。
富士山は大きいな〜
基本的に京を懐かしんで
メソメソしています……。

業平（と思われる男）の成人から辞世の歌までの一代記。
どんな恋をして、どんな人生を歩んできたのか。
物語が、今、始まります――。

はじめに

『伊勢物語』は、古文の教科書にも取り上げられることが多いとても有名な作品です。ですが、教科書で扱えるのはほんの一部分だけです。とある男の「一代記」なのに、一部分だけなんて実にもったいない！　しかも、内容のほとんどは現代にも通じる恋愛系（けっこうハチャメチャな恋バナも！）。そこで本書では、「『伊勢物語』って、こんなにおもしろかったんだ！」と思っていただけるような段を厳選しました。

古文に苦手意識がある方にも楽しんでいただける【超現代語訳】に加え、【原文】と【現代語訳】も掲載しました。学校の授業の予習・復習にも使っていただけるはずです。さらに、ほぼすべての段に「ワンポイントレッスン」がついていますので、学び直しや受験生にも役立つはず！

とはいえ、本書は固い勉強本ではありません。今までよりも『伊勢物語』を、そして千年も昔に生きた貴族たちの雅び(？)な生活を身近に感じていただけたなら、著者としてとても嬉しく思います。

岡本梨奈

もくじ

はじめに――岡本梨奈　7
1分でわかる『伊勢物語』！　11
1章
ハチャメチャすぎ！
若かりし業平の恋と東下り編　17

2章
通い婚、幼なじみと純愛、離婚…
平安時代の恋愛事情編 113

3章
こんな女性たちとも!?
高子のライバル登場編 195

4章
翁・業平の追憶と晩年の日々編 265

本文イラスト 紙谷俊平

本書の楽しみ方

〔超現代語訳〕

より身近に感じていただくため、在原業平本人が語っているノリで、できるだけ噛み砕いて現代風口語に超訳しています。解釈しやすいよう一部を削除、もしくは誇張したり、解説をつけ足したりしました。さらに理解を深められるよう、〔超現代語訳〕の後に著者による解説を掲載しています。内容には諸説ある場合もあります。

原文

古典文学をより楽しんでいただくために〔原文〕を抜粋して掲載しています。話の流れを理解したうえで読むと、新たな発見があるかもしれません。音読するのもおすすめです。解釈しやすいよう一部改訂し、ふりがなに関しては現代仮名遣いにしている部分もあります。

現代語訳

古文を現代語に訳しました。原文と比較しながら読むと、さらに理解が進むでしょう。

ワンポイントレッスン

その段に関係する用語などをミニ解説しています。学び直しや受験にも役に立つ内容です。

なぜ、こんなにも、人々を魅了し続けるのか？
1分でわかる『伊勢物語』！

ネタバレ注意！
ストーリーを楽しみたい人は飛ばしてください！

書き継がれ、読み継がれてきた『伊勢物語』

各段の出だしの多くが「昔、男ありけり」で始まる『伊勢物語』は全部で一二五段からなる、平安時代前期に成立した「歌物語」です。

作者・成立年は未詳。ちなみに、「歌物語」とは**ある和歌がどのような事情で、誰に、どういう心情で詠まれたのかを伝える物語のこと**です。ですから、和歌が中心となります。

一般的にこの「昔男《むかしおとこ》」は実在の歌人・在原業平《ありわらのなりひら》（八二五～八八〇年）だと考えられていますが、実は『伊勢物語』の中では、この男が「業平」だとは明言されていません。

おそらく業平と思われる「昔男」の恋歌を中心に、**成人から辞世《じせい》の歌〔＝この世を去る時に詠む歌〕に至る一代記**となっています。ただし、厳密な年代順になっているわけではありません。

また、後人がかなり増補や改訂をして、長い年月をかけて現在の形になったと考えられています。

この物語が後世に与えた影響はとても大きく、この後に成立する歌物語の『大和《やまと》物語』（作者未詳、平安時代成立）や『平中《へいちゅう》物語』（『平仲物語』とも。作者未詳、平安中期成立）が影響を受けたことはもちろんのこと、『源氏物語』や『枕草子』の本文中にも出てきます。また、本書でも紹介しますが、能の演目のもとにもなりました。

「この物語はフィクションです。実在の人物、団体とは……」

さて、『伊勢物語』の主人公の「昔男」が業平だと考えられているのはなぜでしょうか。

それは、『古今和歌集《こきんわかしゅう》』などの勅撰集《ちょくせんしゅう》〔＝天皇や上皇の命令によって編纂《へんさん》された書物〕に、**『伊勢物語』の「昔男」が詠んだのと同じ和歌の詠み人が「業平」となっているものが多くあるから**です。

『伊勢物語』には約二百首の和歌があり、そのうち『古今和歌集』『後撰和歌集《ごせんわかしゅう》』などから合わせて三四首（全体の約1／6の数）が業平が詠んだ和歌として判明しています。ただし、業平以外の詠者の和歌や、「詠《よ》み人知《びとし》らず」とされている和歌もとられており、**すべての「昔男」を業平と考えるには無理があります。**

また、ストーリーの多くも和歌をもとに勝手に創作したようで、内容的に関連がありそうな話も段によって矛盾があったりします。あくまで**「業平をモデルとしたフィ**

クション」なのです。

史実として読むには無理がありますので、「フィクションとして、**『伊勢物語』の中だけのお話として、業平の恋愛や人生を楽しむ」**くらいの気持ちで読むのがちょうどいいように思います。

平安の大スター・在原業平ってどんな人？

ところで、そんなネタ（？）にされてしまった在原業平とは、どういう人物だったのでしょうか。

業平はいわゆるイケメンだったらしく、また、歌がとても上手でした。当時、歌がうまいと、とにかくモテます。モテモテなのです。そして、業平は自由奔放に行動するタイプだったようですから、現代の日本でいうプレイボーイでした。

仁明《にんみょう》天皇、文徳《もんとく》天皇、清和《せいわ》天皇、陽成《ようぜい》天皇の四代にわたり仕えた人物で、仁明天皇が崩御する一年前に従五位下《じゅごいげ》に叙せられています。

文徳天皇の時代には不遇でしたが、清和天皇の御代に従五位上《じょう》に叙せられ、どんどん昇進し、陽成天皇の御代には蔵人頭《くろうどのとう》〔=蔵人所の長官。天皇のそば近くお仕えする要職〕に任ぜられました。よって、**実際の業平は、ただのプレイボーイではなく政治の世界でも活躍した人物**です。

本書の案内役は、「オレ、在原業平が務めます！」

『伊勢物語』の主人公「昔男」は、たくさんの女性にラブレター〔=和歌付きの手紙。または和歌のみ〕を贈ったり、やりとりをしたりします。

本書では、この「昔男」を在原業平として、業平本人が語っているスタイルでご紹介していきます。各項目の見出しの上にある漢数字は「段数」です。

どのような女性と、どんな恋愛をしたのか、また、どんな人たちとどういう交流をしていたのか、**【超現代語訳】**で気楽にお楽しみください。

1 章

ハチャメチャすぎ！

若かりし業平の恋と東下り編

【1章がよくわかる人物系図】

※数字は天皇の代数

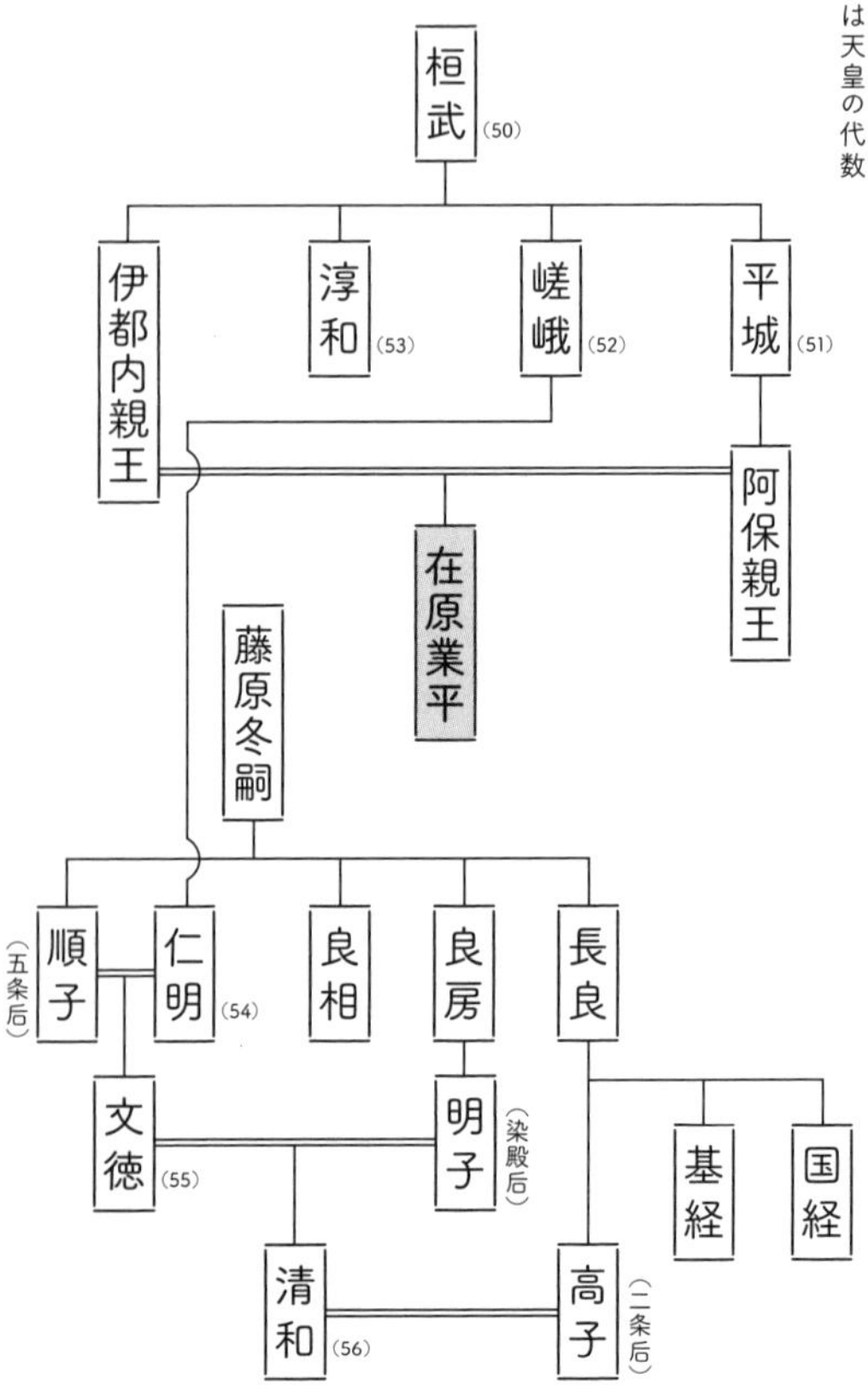

一　この服の模様は、オレの気持ちさ

【超現代語訳】

昔、とある男が……ってオレなんだけどさ、オレが成人式をして、昔の都《みやこ》・奈良の春日《かすが》の村里に、土地を所有している縁があって鷹狩《たかがり》に行ったんだ。

その村里に、魅力たっぷりの姉妹が住んでいて、オレ、のぞき見しちゃったんだよね。

それはもう、びっくりだぜ！　都は都でも、かつての都だから（あ、今の都は京都ね。「平安京」って聞いたことあるでしょ？　それが今の都。奈良は昔「平城京」っていう都とかがあったりしたのさ）、まあ正直、今はさびれてるよね。そんなところにこんな美女が、しかも二人もいるなんて！　予想外すぎて、オレとしたことが動揺してしまったよ。

それで、着ていた服の裾《すそ》をそっこう切って、そこに歌を書いて贈ったのさ。その時の服、信夫摺《しのぶずり》の狩衣《かりぎぬ》だったんだよね。「信夫摺」っていうのは、「しのぶもぢずり」っていったりもするんだけど、忍草《しのぶぐさ》の茎や葉を摺《す》りつけて染めたもので、けっこう乱れた感じに染まるんだよね。

え？　オレがどんな歌を贈ったのかって？　こんなのだよ。

あなたたち御姉妹は、春日野《かすがの》の若い紫草のようにお美しい……。恋してしまった僕の心は、若い紫草で染めたこの信夫摺の模様のように、限りがないほどに乱れまくっています。

これくらいはすぐに詠んで贈れるのさ。こういう事のなりゆきがおもしろいって、あの時は思ったんだったっけな。ちなみに、このオレの歌は、

陸奥《みちのく》の「しのぶもぢずり」の模様のように、あなたではない誰かのせいで乱れ始めた私ではないのに。あなたのせいで私の心が乱れているのですよ。

という歌を踏まえてるんだ。昔の人は、こんなふうに激しく心を動かして、すぐに歌

を贈ったりしたんだぜ。
その後、この姉妹とどうなったのかって？　そこは想像に任せるよ。

「のぞき見」から始まる恋物語《ラブストーリー》

在原業平が、成人式をして、鷹狩に行った時に出会った姉妹に和歌を贈る話から『伊勢物語』はスタートします。

今はもうさびれてしまっている旧都で、思いがけず美しい姉妹を見つけた業平。ちなみに、本文中で、業平が勝手に姉妹の家の中をのぞき見していますが、これは**「垣《かい》間《ま》見《み》」**という行為で、当時は犯罪ではありません。基本的に当時の貴族の女性たちは、ずっと部屋の中で過ごします。ですから、**垣間見は「恋の出会い」の方法の一つ**なのです。男性は、家の仕切りや垣根の隙間からこっそり中をのぞき込んでお目当ての女性を探し、自分好みの女性を見つけると、手紙（和歌）を書いて贈るのです。

◎あらゆるものが「恋心を表現する手段」

それにしても、この日の業平は、着ていた服の裾を破って和歌を書いています。紙を持っていなかったのでしょうか。いえ、おそらく紙はあったはずですが、わざとそうしたのでしょう。

和歌の大筋は「美しいあなたたちを見て恋してしまい、自分の心がどうしようもなく乱れています」という内容です。**その「乱れて」いる気持ちを、自分が着ている乱れ模様の服に書き、「こんなふうに僕の心も乱れているんだよ」と言っているのです。**

裾を破る（切る）という「えっ!?」という現代ならドン引きな行動も、「それほど動揺してしまっているんだよ」という演出なのかもしれません。まあ、これは考えすぎかもしれませんが、服の乱れ模様を利用したかったのは確かです。

業平が踏まえたという歌は、『古今和歌集』にある源融《みなもとのとおる》（河原左大臣《かわらのさだいじん》）の和歌です。「信夫摺」（＝「しのぶもぢずり」）の乱れ模様を、恋に乱れる心にたとえるのは、当時はあるあるネタだったのでしょうね。実際に信夫摺の服を着ていた業平は、そのよくあるネタを使って書いたのです。

そういう和歌を書く気満々で、その服をチョイスして鷹狩に着て行っていたのなら、もはや、鷹狩ではなく女狩り（「狩り」にかけたいだけです。汚い言葉遣い、失礼しました）がメインだったのでは、とすら思ってしまいますが、きっと業平からは「そんなわけないじゃん、偶然だよ、偶然！」と言われてしまいそうなので、私の妄想はここまでにしておきます。

いったい何歳でナンパしているの？

ところで、このイケイケなナンパをしている業平は何歳なのでしょうか。後述の「ワンポイントレッスン」で解説しているように、**当時の貴族男子の成人式は、だいたい12〜16歳の間に個別に行われていました。**

業平が何歳で「初冠《ういこうぶり》」（27頁）をしたのか、この段から読み取ることはできませんが、おそらくそれくらいの年齢のはずです（16歳説アリ）。10代前半か半ばくらいの子（いや、一応成人なのですが、その子）が、女性の部屋をのぞき見して、即興で口説きの和歌を詠んで贈るとは、かなりませている印象ですね。

当時の平均寿命（今よりははるかに早死にで、40代＝初老のイメージ）から考えると、それで普通だったのかもしれませんが、「さすがプレイボーイ業平！」という幕開けですね。どのような女性と、どんな恋愛をしたのか、この先もお楽しみください。

原文

昔、男、初冠《ういこうぶり》して、奈良の京春日《かすが》の里に、しるよしして、狩にいにけり。その里に、いとなまめいたる女はらから住みけり。この男かいま見てけり。思ほえず、ふる里にいとはしたなくてありければ、心地まどひにけり。男の、着たりける狩衣《かりぎぬ》の裾を切りて、歌を書きてやる。その男、信夫摺《しのぶずり》の狩衣をなむ着たりける。

春日野の若紫のすりごろもしのぶの乱れかぎりしられず

となむをいつきて言ひやりける。ついでおもしろきことともや思ひけむ。

陸奥のしのぶもぢずり誰《たれ》ゆゑに乱れそめにし我ならなくに

といふ歌の心ばへなり。昔人《むかしびと》は、かくいちはやきみやびをなむしける。

現代語訳

昔、ある男が、元服して、奈良の都の春日の里に、領地があった縁で、鷹狩に行った。その里に、たいそう若々しくて美しい姉妹が住んでいた。この男は（その姉妹の部屋の中を）物の隙間からこっそりとのぞき見をした。思いもよらず、（このようなさびれた）昔の都にたいそう不釣り合いで（美しい姉妹が）いたので、（男は）心が乱れてしまった。男は、着ていた狩衣の裾を切って、（それに）歌を書いて贈った。その男は、信夫摺の狩衣を着ていた。

春日野の若々しい紫草で染めたこの衣の信夫摺の模様が乱れているように、（私の恋い忍ぶ心は）限りなく乱れています。

と、すぐさま（歌を）詠んで贈った。事のなりゆきを趣があると思ったのだろうか。（この歌は、）

陸奥の信夫摺の乱れ模様のように、あなた以外の誰かのために心が乱れ始めた私ではないのに。

という歌の趣意を取り入れたものである。昔の人は、このように情熱的で風流な振る舞いをした。

………………

ワンポイントレッスン

「初冠《ういこうぶり》」とは

男子が成人して、初めて冠をつける儀式です。いわゆる「成人式」で、「元服」(げんぷく、げんぷく)ともいいます。現代は基本的に同じ日に、その年度に同じ年齢になる人を対象に式典が行われますが、当時は、12~16歳くらいの間に個別に行いました。

ちなみに、女子の成人式は「裳着《もぎ》」。「裳」(=腰から下につけるひだのあるスカートのようなもの)を初めて着て、「髪上げの儀式」(=髪を後ろで束ねてたらす髪型にする儀式)も同時に行います。12~14歳くらいに行われました。

二　西の京のイケてる人妻と♡

超現代語訳

昔、とある男がいた……ま、オレなんだけどね。都が奈良から京都に遷《うつ》って、人家もまだちゃんと定まっていない時に、西の京に女がいたんだ。

西の京ってのは、平安京の中央を朱雀大《すざくおお》路《じ》が走ってるんだけど、その西半分のことで、人も少なくてさびれている地域さ。そのさびれた西の京に住んでいる女が、世間

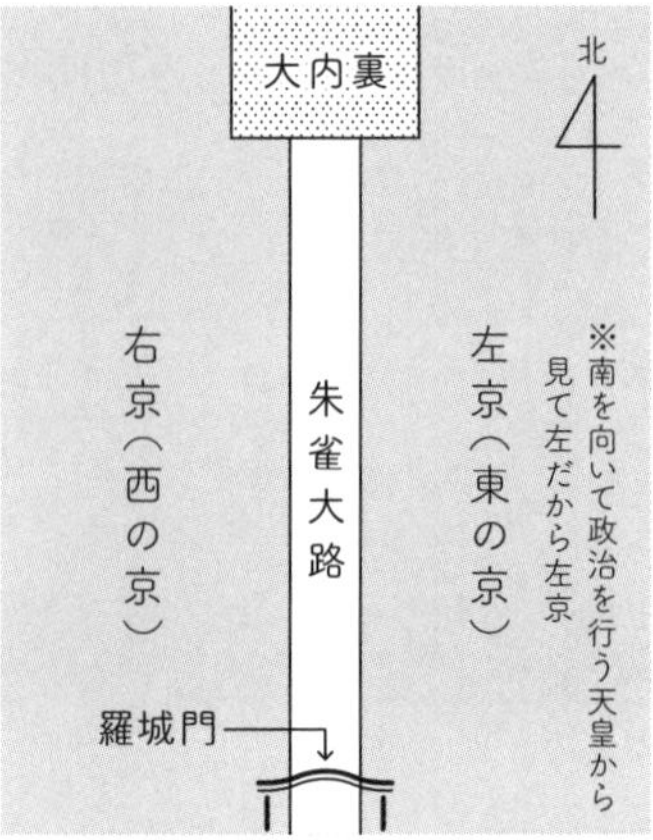

の他の女よりもイケてたんだよね。イケてるといっても、顔より性格が、なんだけど。独身ではないらしい。

ただ、旦那だっていつもずっといるわけではないだろ。旦那がいない夜に、マメなオレは、その女に親しく接して話をしたんだ。帰ってきて、オレは何を思ったんだっけな……、時は三月一日、雨がしとしと降る時に、歌を贈ったのさ。

昨夜は起きるわけでもなく、かといって眠ることもせず、夜を明かしてしまいました。春におなじみの長雨が降っていますが、僕はその長雨を物思いにふけって見ながら、一日を暮らしてしまいました……。

≡≡≡≡≡≡≡≡≡≡≡≡≡≡≡≡≡≡≡≡≡≡≡≡

★ 結局、この人妻とは一線を越えたのか？

原文には「うち物語《ものがた》らひて」とあります。**「語らふ」には「親しく話し合う」「親し**

く交際する」「男女が一線を越えて深い関係になる」などの意味があるのですが、業平が、この女性と親しく話をしていただけなのか、はたまた、深い関係になったのか、いまいちよくわかりません。どちらの解釈もあり、結局どちらか不明なのです。

あくまで私の主観ですが、和歌の内容もなんだかスッキリしないですし、なんとなくですが、一緒にはいたし、親しく話もしたけど、それ以上の仲にはなっていないような気がします。「深い関係を結び、離れても恋い焦がれて、物思いにふける」というよりは、不完全燃焼のようなブルーな気分の物思い感が漂っているというか……。

◎結婚・離婚の成立条件

【超現代語訳】に「旦那だっていつもずっといるわけではないだろ。旦那がいない夜に」と書きましたが、実は原文にはそんな記述はありません。当時の結婚形態は**「通《かよ》い婚《こん》」**といって、男性が女性の家に通う形でした（現代でも別居婚の形もありますし、当時でも事情があり同居している場合もないわけではありません）。なぜなら、一夫多妻だからです。

女性はとにかく受け身。家で男性が来るのをひたすら待つのみです。**男性が三夜連**

続で通えば結婚成立です。その後は、男性が、その女性に夢中ならば毎日、いや、毎日でなくても頻繁に通いますし、飽きてきたら通わなくなります。**三年連続で通ってこなければ離婚成立。**

この女性は、独身ではないとのことなので、通ってきている男性はどうやらいたようですね。ですが、おそらく旦那様にあたる男性は、この女性の家にあまり訪れていなかったのではないでしょうか。

そこに、マメな業平が訪れた。だけど、結局話をしただけで、深い関係になれずに帰宅。しとしとと雨も降っていて、完全燃焼しきれずに「はぁ……」と深いため息が聞こえてきそうな、そんな印象の段です。

ちなみに、この「男」を業平として訳し、解説しましたが、原文（現代語訳）にあるように、「奈良から遷都《せんと》して、平安京がまだ定まっていない時」なので、この男は業平ではない可能性のほうが高いです（平安京への遷都は七九四年、業平が生まれたのは八二五年で、遷都から三十年以上経っています）。

【1分でわかる『伊勢物語』！】（11頁～）でお伝えしているように、『伊勢物語』は史実ではなくフィクションで、男が誰かも定かではありませんのであしからず。

原文

昔、男ありけり。奈良の京ははなれ、この京は人の家まだ定まらざりける時に、西の京に女ありけり。その女、世人《よひと》にはまされりけり。その人、かたちよりは心なむまさりたりける。ひとりのみもあらざりけらし。それをかのまめ男、うち物語らひて、かへり来て、いかが思ひけむ、時は三月《やよい》のついたち、雨そほふるにやりける。

おきもせず寝もせで夜を明かしては春のものとてながめくらしつ

現代語訳

昔、男がいた。奈良から遷都し、この平安京には人家もまだ定まっていなかった時に、西の京に女が(住んで)いた。その女は、世間の人よりもすぐれていた。その人は、容貌よりは心がすぐれていた。独り身というわけでもなかったらしい。その女に例の誠実な男〔=「昔男」〕が、親しく接して話をして、帰ってきて、どのように思ったのだろうか、時は三月の一日、雨がしとしとと降る折に贈った(歌)。

……………

起きるわけでもなく、寝ることもしないで、夜を明かしては、春のならいである長雨を物思いにふけって見ながら、一日を暮らしています。

ワンポイントレッスン

「長雨」と「眺め」

スッキリしない和歌ではありますが、その中でスッキリわかるのが、「ながめ」の掛詞《かけことば》。春の風物である「長雨」と「眺め」（＝物思いにふける）の意味をかけています。この掛詞は、よくあるパターンです。受験生は覚えておきましょう。

三

ひじきに込めた思いよ届け！

超現代語訳

昔、とある男がいた……そう、オレだよ、オレ（もう、いいか？）。

好きな女にさ、「ひじき藻《も》」っていうのをプレゼントしたんだよ。ん？　現代では「ひじき」っていうのか？　何ドン引きしてんだよ。いや、もちろん、ひじきだけじゃないぜ。ちゃんとひじきにピッタリな歌も贈ってるよ。

僕のことを「いいな」って思ってくれるならば、つる草がまとわりついているような荒れている家だって僕はかまわないんだ。君と一緒に寝られるなら。お互いの袖を重ねて引いて敷物にしてさ、僕と、寝ようー―。

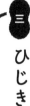

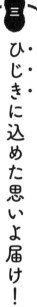

あれ？　なんでまだポカ〜ンとしてんだ!?　なんで「ひじき藻」なのかって？

しょうがないな、特別にコッソリ教えてやるよ。

袖を「引いて敷物」にするって書いているだろ？

引く敷物→引敷物《ひじきもの》→ひじき藻――オレのセンス、超オシャレじゃね？

ん？　聞こえなかったのか？　まあ、いいか。オレの好きなあの子がわかってくれたらそれでいいのさ。

あの子が誰か気になるだろ？　清和《せいわ》天皇の后《きさき》である二条《にじょう》の后、高子《たかいこ》様さ。でも、まだ清和天皇にお仕えする前の、宮中にも上がっていない高子ちゃんだった頃の話さ……。

★高子ちゃんとは何者？

高子ちゃんの正体は、**藤原長良《ふじわらのながら》の娘で藤原高子（「こうし」とも）という女性**です。

父の長良は、高子が15歳の頃に亡くなっており、長良の弟である藤原良房《よしふさ》が、高子と、高子の兄の基経《もとつね》の後ろ盾となっていました。

【超現代語訳】 にも書いているように、**高子は後に清和天皇の女御《にょうご》となる人物**です。

昔は一夫多妻で、天皇にも妻がたくさんいます。中宮《ちゅうぐう》、女御、更衣《こうい》の順で、中宮が正妻です（中宮は基本的に一人で、女御、更衣となるほど人数が増えていきます。女御の中から中宮が選ばれました）。

清和天皇即位に伴う大嘗祭《だいじょうさい》（39頁参照）で、高子は五節舞姫《ごせちのまいひめ》を務めました。大嘗祭の五節舞姫には、未婚の少女が五人（公卿の娘から二人、受領《ずりょう》・殿上人《てんじょうびと》の娘から二人）選ばれ、その後天皇付きの女房として出仕することが多かったようです。

その時、**清和天皇は9歳、高子は17歳**でした。天皇がまだ幼かったことから、高子が入内《じゅだい》するのは、それから七年後のことでした。

入内してから二年後に、後の陽成《ようぜい》天皇を出産し、陽成天皇が即位すると高子は皇太夫人となり、その後皇太后となりました。陽成天皇が退位して、住まいを二条院に移転したことから**「二条の后」**とも呼ばれています。

稀代のプレイボーイと後の皇太后、許されざる恋の行方は？

『伊勢物語』や、この後に成立した同じく「歌物語」である『大和物語』という作品に書かれていることを事実とするならば、高子は入内する前に在原業平と恋愛関係にあったようです。

業平は高子よりも17歳年上。まだ20歳前後の若い頃であれば、8歳年下の男の子よりも、年上の大人の男性、しかもモテモテのプレイボーイですから、女性の扱いも上手だったことでしょう、そんな男性に恋してしまうのは無理もない気がします。

この後にも、高子は『伊勢物語』に何度か出てきます。

さて、この二人の恋の行方はいかに……と、もったいつけるまでもなく、清和天皇の女御になっている時点で、業平とは破局しているのはバレてますよね。ということで、この二人、破局まで、さらには破局後も、どんな関係になっていくのでしょう。この先を是非お楽しみに！

ちなみに、高子ちゃんが、この「ひじき藻」とそれをかけたような内容のラブレターをどう思ったのかは、返事がないためわかりません。

『大和物語』の類似段でも「返しを人なむ忘れにける」（＝返歌を、人は忘れてしまった）となっており、やはりわかりません。

ま、わからないままのほうがよかったのかも……なんて、業平に怒られそうですね。

原文

昔、男ありけり。懸想《けそう》じける女のもとに、ひじき藻《も》といふ物をやるとて、
思ひあらばむぐらの宿《やど》に寝もしなむひじきものには袖をしつつも
二条の后《きさき》の、まだ帝にも仕《つこ》うまつり給はで、ただ人にておはしましける時のことなり。

現代語訳

昔、男がいた。思いを寄せた女のもとへ、ひじき藻という物を贈ると言って（こんな歌も贈った）。

私を思ってくれるなら、葎《むぐら》の生い茂る宿で共寝をしましょう。袖を敷物にして。

二条の后が、まだ帝にお仕えなさらないで、普通の人でいらっしゃった時のことである。

ワンポイントレッスン

「大嘗祭《だいじょうさい》」（節会《せちえ》としてなら「だいじょうえ」）とは

天皇が即位の儀式後に行う初めての新嘗祭《にいなめさい》（「しんじょうえ」とも）のこと。よって、当たり前ですが一代に一度きりの儀式です。

「新嘗祭」は、十一月の中の卯の日に行われた行事で、天皇がその年の新しい穀物を神に供え、自分も食べて、収穫を神に感謝する宮中行事です。

四 ガランとした部屋に一人……。もう、恋なんて（涙）

【超現代語訳】

昔、とある男が……ってくると思っただろ？　今回は違うぜ。昔、東の京、つまり左京区の五条通りのあたりね、そこにある大后《おおきさい》の宮《みや》の寝殿の西側にある対《たい》の屋《や》に住んでいる人がいたんだ。

そう、それが高子《たかいこ》ちゃん。その高子ちゃんを、本心からというわけではなく、愛着心が深かった人（そ、これがオレ）が、訪れていたんだけど、正月の十日くらいに、高子ちゃんが行方をくらましてしまったのさ。

本心からじゃないならいいじゃないかだって？　オレが本気にならないようにしていたのは、最後には手の届かない世界に行く人だとわかっているからさ。そう思っていてさえ、愛しく思えて仕方なかった高子ちゃんが急にいなくなって、どこにいるか耳にはしたけど、普通の人間には行けそうにもないところだったからな、来るべき時が来たといったところかな、いっそうつらかったよ……。

次の年の正月に、梅の花が盛りに咲いている頃にさ、去年を恋しく思って、やめておけばいいものを、オレ、五条通りの西の対の屋に行ってしまったんだよね。立って見たり、座って見たり、あたりを見回してみたけどさ、去年とまったく違うんだ。オレの頬に涙がつたってしまったよ。

高子ちゃんが住んでいた時にあった几帳《きちょう》や障子とかも取り払われてガランとした板の間に、月が西の空に傾くまで臥《ふ》せって、去年を思い出しながら詠んだのさ。

月は昔の月ではないのだろうか。春は昔

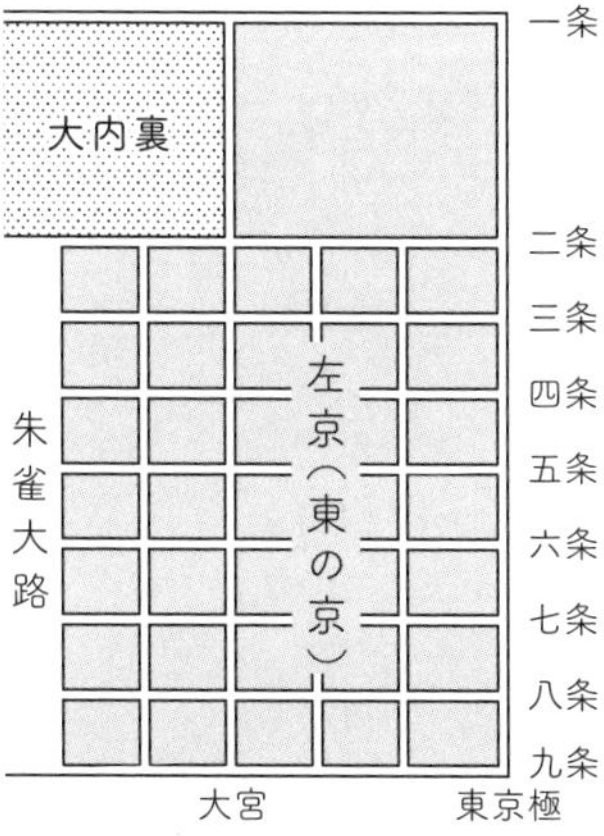

の春ではないのだろうか。月も春も時間の流れとともに移ろいゆくものなのに、オレだけがあの時のままなのさ。そう、オレだけが。高子ちゃんも、もうここにはいないのに……。

こう詠んで、夜が明ける頃に帰ったよ、涙が止まらないまま——。

★「本意《ほい》にはあらで」——え、本気じゃなかったの!?

「普通の人間には行けそうにもないところ」とは、**宮中か、もしくは、権勢のある邸宅〔＝摂政《せっしょう》である良房《よしふさ》が絡んでいる場所〕**と考えられ、これまでのように忍び込むことは不可能な場所を暗示しています。

「本意《ほい》にはあらで」は「本心からではないが」と訳しますが、かといって、遊びの軽い気持ちだとは、後半を読んでいくとどうしても思えません。よって、【超現代語

訳】では、勝手に解釈して追加しています。

本心じゃないのであれば、そこまで落ち込まなくてもよさそうですよね。高子がいつかは政略結婚をしなければいけないのであろうことがわかっていたからこそ、本気にならないように、と自分に言い聞かせていたのではないかと思われます。そう言い聞かせていても、かわいく愛しく思う気持ちがどうにもならずに「愛着心が深かった」のでしょう。

もしくは、「本意にはあらで」は「不本意ながら」ということなので、政略結婚で力を得ていく藤原氏に対して不快に感じていた業平が、「不本意ながらもよりによって、その藤原氏の娘にオレはハマってしまった」ということかもしれませんが。

ちなみに、「本意にはあらで」が「ほにはあらで」となっている原文もあります。その場合は「表立ってではなく」という意味になり、つまり「こっそりと忍んで」ということです。そういう立場にある高子ちゃんのもとへこっそりと忍んで通っていた、となりますね。

原文

昔、東《ひんがし》の五条に、大后《おおきさい》の宮《みや》おはしましける西の対《たい》に、住む人ありけり。それを、本意《ほい》にはあらで、心ざし深かりける人、行きとぶらひけるを、正月《むつき》の十日ばかりのほどに、ほかに隠れにけり。あり所は聞けど、人のいき通ふべき所にもあらざりければ、なほ憂《う》しと思ひつつなむありける。またの年の正月に、梅の花ざかりに、去年《こぞ》を恋ひていきて、立ちて見、居《い》て見、見れど、去年に似るべくもあらず。うち泣きて、あばらなる板敷《いたじき》に、月のかたぶくまでふせりて、去年を思ひいでてよめる。

月やあらぬ春や昔の春ならぬわが身ひとつはもとの身にして

とよみて、夜のほのぼのと明くるに、泣く泣く帰りにけり。

現代語訳

昔、東の京の五条に、大后の宮がいらっしゃった邸宅の西の対に、住む人がいた。その人を、本心からではないが、深く思い慕っていた男が、通っていたが、正月十日くらいの頃に、（その人は）他の場所に姿を隠してしまった。その居場所は聞いたが、普通の人が通うことができないところだったので、（男は）いっそうつらいことだと思い続けて過ごしていた。翌年の正月に、梅の花盛りの頃に、去年を恋しく思い（西の対に）行って、立って見、座って見、あたりを見渡したが、去年に似るはずもない。（男は）泣いて、がらんとした板敷に、月が傾くまで横になって、去年を思い出して詠んだ。

月は昔の月ではないのだろうか、春は昔の春ではないのだろうか。私の身だけは元のままなのに。

と詠んで、夜がほのぼのと明ける頃に、泣く泣く帰った。

ワンポイントレッスン

「や」は疑問？　反語？

和歌の上の句「月やあらぬ春や昔の春ならぬ」の「や」は係助詞で、疑問と反語の意味があります。【超現代語訳】と【現代語訳】ではともに「疑問」でとりましたが、反語でとる場合もあります。その場合は、「月は昔の月ではないのか、いや、昔のままである。春は昔の春ではないのか、いや、昔のままである。私の身一つは元のままで、あの人はもういないから、人の世はすべてが変わったようだ」となります。

どちらの説もあるのですが、本文中に「去年とはまったく違う」とあるので、「月も春も移ろっているのに、自分だけが元のまま」の意味でとれる疑問としました。

五　番人さん、疲れたなら寝ちゃっていいんだよ

超現代語訳

昔、とある男がいた……やっぱ、出だしはこれが落ち着くか。東の五条のあたりに、こっそりと通っていた時の話。もちろん、男はオレで、相手は高子《たかいこ》ちゃんね。

堂々とつき合える仲ではなかったから、人目を忍んで通ってたなぁ。門からなんて入れるわけないじゃん。だから、子供が踏んであけた土塀《どべい》が崩れたところから通ってたんだよ。

ただ、この家、人が多く立ち入るような家じゃなかったから、オレが何度も通ってたら、さすがにバレちゃったんだよね。この家の主人が聞きつけちゃって、オレが通ってた土塀の崩れているところに、毎晩番人を立たせて守らせたので、家の前までは行けて

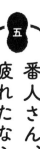

も、そこを突破できずに、高子ちゃんに逢えないで帰る日々が続いたのさ。
せめて歌だけでも届けば、と詠んだ歌がこれさ。

人に知られないようにこっそりと通った僕の通い路《かよじ》にいる番人は、毎晩毎晩、ちょっと眠ってくれないかなぁ。そうすれば、その間に通り抜けるのに。その一瞬でいいんだ、寝てほしいな……。

オレのこの歌、ちゃんと高子ちゃんに届いたんだぜ。高子ちゃん、この歌を聞いて、オレに逢えないあまりの悲しさに、心を病んでしまったようで、この家の主人はオレが通うことを、なんと許してくれたんだ！

この番人事件のいきさつを話しておくと、オレが高子ちゃんのところに通っていることが、どうやら世間で噂になってしまったようで、それをマズイと思った高子ちゃんのアニキたちが番人に守らせたんだとか。

≡≡≡≡≡≡≡≡≡≡≡≡≡≡≡≡≡≡≡≡

☆「人目を忍ぶ恋」がバレた！

家の主人は、高子の親ではないか、という説もありますが、東の五条あたりというのは、前段の東の五条の西の対だと考えられるため、そうすると、その家の主は大后《おおきさい》の宮《みや》です。

大后の宮とは、高子の叔母にあたる人物（父・藤原長良《ながら》の妹、順子《のぶこ》のことで、仁明《にんみょう》天皇の女御、文徳《もんとく》天皇の母）です。高子の兄たちというのは、藤原国経《くにつね》と36頁でちらっと触れた基経《もとつね》。

清和《せいわ》天皇に入内する予定である大事な妹に、在原業平が通っているなんて噂が出回ったら一大事です。この兄弟にとって、「妹」が大事だったのではないのです。「清和天皇に入内する予定」が重要なのです。完全な政略結婚で、妹は単なる道具に過ぎなかったのでしょう。たとえ大事にされていても、高子本人もそう感じていたことだと思います。兄たちにとって、妹本人の気持ちなんて知ったこっちゃない。大事な道具をダメにされては困るのです、ただ、それだけ。

そんな高子ちゃんが、業平からの手紙に心を病んで、叔母は業平が通うことを許した、となっていますが、この兄たちがそれを許すとは到底思えません。こっそりと通わせたのでしょうかね。身内とはいえ叔母の立場だから、その政略結婚も、どこかはちょっぴり他人事《ひとごと》だったのでしょうか。我が娘であれば、許さなかったかもしれませんね。とはいえ、順子にとって清和天皇はかわいい孫のはずですが。

そもそも番人に守らせているのに、どうやって手紙が届いたのかもよくわかりません。もっとツッコめば、貴族の邸宅なのに、子供が踏む程度で崩れてしまう土塀って何!? そんな脆弱でいいのでしょうか。有名な段ではあるのですが、なんだかいろいろとスッキリしない、よくわからない印象が残る段でもあります。

ちなみに、**この段と前段では、時系列が逆転していますね。**『伊勢物語』は在原業平（？）の一代記ですが、時系列は正確ではありません。

原文

昔、男ありけり。東の五条わたりに、いと忍びていきけり。みそかなる所なれば、門《かど》よりもえ入《い》らで、童《わらわ》べの踏みあけたる築地《ついじ》の崩れより通ひけり。人しげくもあらねど、たび重なりければ、あるじ聞きつけて、その通ひ路《じ》に、夜《よ》ごとに人をすゑて守らせければ、いけどもえあはで帰りけり。さてよめる。

人知れぬわが通ひ路の関守《せきもり》はよひよひごとにうちも寝ななむ

とよめりければ、いといたう心やみけり。あるじ許してけり。

二条の后《きさき》に忍びて参りけるを、世の聞こえありければ、兄人《しょうと》たちの守らせ給ひけるとぞ。

現代語訳

昔、男がいた。東の五条あたりに、たいそうこっそりと通った。人目を忍ぶところなので、門から入ることもできないで、子供たちが踏み開けた土塀の崩れから通った。人が多く（訪ねる家で）はないが、（男が通ってくることが）度重なったので、主人が聞きつけて、その（男が通う）通い路に、夜ごとに人を置いて守らせたので、（男は）行っても逢えないで帰った。そこで詠んだ（歌）。

人に知られないようこっそり通う私の通い路の関守は、夜ごとにちょっと眠ってほしい。

と詠んだので、（女が）とてもひどく心を痛めた。（それを見て）主人は（逢うことを）許した。

二条の后のもとにこっそり参上したのを、世間の噂が立ったので、（二条の后の）兄たちが守らせなさったとかいうことである。

ワンポイントレッスン

「関守」とは

関所の番人のことです。男性が女性のところへ通う通い路の邪魔をする番人のことも、「男女が逢うことをせきとめる番人」ということで「関守」と表現します。

六　愛おしいあの人が鬼のせいで……

【超現代語訳】

昔、オレがいた。このモテモテのオレでも手に入れることができなかった女を、長年かけて口説き落として、やっとのことで女の心を盗むことができ、女自体も家から盗み出してやったぜ。夜中に駆け落ちさ。スリリングな恋だろ？

芥河《あくたがわ》っていう河のほとりを一緒に歩いていると、草の上に夜露《よつゆ》があったんだ。それを、このかわいい女は「あれは何？」なんて聞くんだぜ。さすが箱入り娘のお嬢様だよな、露も知らないんだから。

追っ手から逃げるために、まだまだ先に行かなきゃいけないけど、夜も更《ふ》けたし、夜明けまではどこかで休憩しようと思ったのが間違いだったかな。もしくは、あんなボロボロの倉なんてやめときゃよかったのかな。でも、雷まで鳴るわ、雨もすごく降ってくるわで、もう仕方ないよね、女をその倉の奥に押し入れたのさ、鬼がいるなんて知らずに……。

オレは、女を守るために、武器を持って倉の戸口にずっといたんだ。そう、中に鬼がいるなんて思ってもいなかったから。オレはあの時、のんきに「早く夜が明けないかなぁ」なんて思ってたな。鬼はオレの大事なあの子を一口で食べてしまっていたのさ……。「キャーッ」って悲鳴を上げたんだろうな、でも、雷で何も聞こえなかったんだ。次第に空が明るくなってきたから、「やっと夜明けだ」なんて喜んだオレは、本当にとんだ間抜け野郎だ。

倉の中を見た時の驚きといったらなかったよ。やっとの思いで盗み出した女の姿が見えないんだ。地団太を踏んで悔しがっても、もう遅い、後の祭りだったよ……。

「あれは何？　真珠なの？」なんて、あの子が聞いてきた時に、「露だよ」って答えてあげればよかった。そんな露のように、オレもはかなく消えて、死んでしまえばよかったよ。そうすればこんなに悲しい思いをせずに済んだんだ……。

これは例の高子《たかいこ》ちゃんの話さ。もちろん鬼に食べられたなんていうのは、ただのたとえ話だよ。高子ちゃんが、いとこの明子《あきらけいこ》ちゃんのところにお仕えしていた頃の話。

高子ちゃん、ものすごく美人だったから、オレはやっぱり気持ちを抑えることができなくて、背負って盗み出したんだよね。そしたら、高子ちゃんのアニキたち、基経《もとつね》大臣と、長男の国経《くにつね》大納言が、まだ位も低かった頃だけど、宮中に行く途中に、ものすごく泣いている人がいるのを聞きつけて、オレが連れて行くのをとどめて、高子ちゃんをオレから取り返してしまったんだよね。そう、これが鬼の正体さ。

もちろん高子様が入内なんてしていない、まだまだ若い高子ちゃんだった時の話。

≡≡≡≡≡≡≡≡≡≡≡≡≡≡≡≡≡≡≡≡≡≡≡≡≡≡

★ 古典の教科書にも出てくる有名な段「芥河」

いとこの明子ちゃんというのは、藤原明子《ふじわらのあきらけいこ》。高子の父・長良《ながら》の弟である良房《よしふさ》の娘です。文徳《もんとく》天皇の女御で、清和《せいわ》天皇の母です。つまり、高子にとって、いとこでもあ

り、義母でもあるのです。良房は父親代わりの人物でしたね。前段に出てきた高子の兄たちが、またもや登場していますが、長男の国経よりも、弟（三男）の基経のほうが先に名前が書かれています。基経大臣、国経大納言とあったように、位順で書かれているのです。基経は、摂政であった良房の養子となったため、厚遇を受けて、出世が早かったのです（良房には男子がおらず、基経を見込んで養子としました）。

そんなことよりも何よりも、「ものすごく泣いている人がいる」って、もしや高子と駆け落ちしたのは同意なしだったのでしょうか⁉　それはもはや、駆け落ちではなく、ストーカーの誘拐では……。本当に両思いだったのでしょうか。

ちなみに、最初に「女の心を盗むことができ」とありますが、これは（業平になりきった）私の創作です。原文に忠実に訳すと「手に入れられなかった女を、長年求婚し続けていたが、やっとのことで盗み出して……」となり、**心が盗めたかどうかは書かれていません**。もし、もしも、同意でないのであれば、「鬼はアンタだーっ！」と業平に言いたいのは、私だけではないはずです。

「芥河」ってどこにあるの？

さて、駆け落ちか誘拐かはさておき、業平が高子を盗み出して歩いていた「芥河」という河に関しては諸説あります。

一つ目の説は、摂津《せっつ》の国三島《みしま》郡（現・大阪府高槻市あたり）の川です。ですが、宮中へ行く途中の基経・国経に見つかって連れ戻されたとあることから、都に住んでいる基経・国経が宮中へ行く途中に、摂津の三島郡にいるとはどう考えても不自然ですよね。よって、一つ目の説はおそらく違うのでは、と思われます。

二つ目の説は、宮中の芥《あくた》（＝ゴミ）を流す川「大宮川」の異称説です。京都の一条から宮中に流れ入り、二条で流れ出るといわれています。こちらの説であれば、宮中に行く途中の基経・国経に見つかってもおかしくないですね。

三つ目の説は、架空の川説です。そもそも「鬼がいて女を一口で食べた」なんて虚構の世界の話ですから、この「芥河」も「どこの川」とかは特になく、架空の川として書かれているという説です。二つ目か三つ目のどちらかかな、と個人的には思いますが、まあ、どちらでもいいかな、と。そもそもがフィクションですから、深く考えずに話の中身を楽しむこととします。皆様も好きな説でお読みください。

原文

昔、男ありけり。女のえ得《う》まじかりけるを、年を経てよばひわたりけるを、からうじて盗みいでて、いと暗きに来けり。芥河《あくたがわ》といふ河を率《い》ていきければ、草の上に置きたりける露を、「かれは何ぞ」となむ男に問ひける。ゆく先多く、夜もふけにければ、鬼ある所とも知らで、神さへいといみじう鳴り、雨もいたう降りければ、あばらなる倉《くら》に、女をば奥におし入れて、男、弓、胡簶《やなぐい》を負ひて戸口にをり、はや夜も明けなむと思ひつつ居《い》たりけるに、鬼はや一口に食ひてけり。「あなや」といひけれど、神鳴るさわぎに、え聞かざりけり。やうやう夜も明けゆくに、見れば率て来《こ》し女もなし。足ずりをして泣けどもかひなし。

白玉か何ぞと人の問ひし時つゆとこたへて消えなましものを

これは二条の后の、いとこの女御の御もとに、仕《つこ》うまつるやうにてゐ給へりけるを、かたちのいとめでたくおはしければ、盗みて負ひていでたりけるを、御兄《しょうと》、堀河の大臣《おとど》、太郎国経《くにつね》の大納言、まだ下臈《げろう》にて、内裏《うち》へ参り給ふに、いみじう泣く人あるを聞きつけて、とどめてとりかへし給うてけり。それをかく鬼とはいふなりけり。まだいと若うて、后のただにおはしける時とや。

現代語訳

昔、男がいた。手に入れられなかった女を、長年求婚し続けていたが、やっとのことで盗み出して、とても暗い夜に逃げて来た。芥河という河のほとりを連れて行くと、草の上に露があるのを、(女が)「あれは何」と男に尋ねた。(逃げて)行く先は遠く、夜も更けたので、鬼がいるところとも知らないで、雷までひどく鳴り、雨もたいそう降ったので、荒れた倉に、女を奥に押し入れて、男は、弓、胡籙《やなぐい》を背負って戸口にいて、早く夜が明けてほしいと思いながら座っていたところ、鬼が(女を)一口に食べてしまった。「あれっ」と叫んだが、雷の音のために、(男には)聞こえなかった。ようやく夜が明けてきたので、(倉の中を)見ると連れて来た女がいない。男は地団太を踏んで泣いたが仕方がない。

白玉か何かと人が尋ねた時に、露だと答えて、その露のように消えてしまえばよかったのになあ。

これは二条の后が、いとこの女御のそばに、お仕えするという形でいらっしゃったが、容姿がとても美しくいらっしゃったので、（男が）盗み出して背負って連れ出したところ、兄の、堀河大臣（＝藤原基経）と、長男の国経大納言が、まだ身分が低く、宮中に参上なさる時に、ひどく泣く人がいるのを聞きつけて、引きとどめて取り返しなさった。それをこのように鬼といったのである。まだとても若く、后が入内する前の時のことだとかいうことだ。

ワンポイントレッスン

「白玉」とは

「玉」は宝石です。よって、「白玉」は「白い宝石」＝真珠。愛する女性や娘を白玉にたとえることも、よくあります。

七　いっそ波になりたい

【超現代語訳】

昔、男がいた。そうだよ、オレだよ。いろいろあって、京都に居づらくなっちゃったんだよね。何があったかは、まあ、いいさ。だから、東国《とうごく》に行ったんだ。伊勢（現・三重県）と尾張（現・愛知県）の間の海岸あたりを歩いていたら、波がすっごく白かったんだよね。それを見て、一首。

通り過ぎてきた都の方、そして、過ぎ去った過去がますます激しく恋しくて、うらやましいな、波は寄せては返るんだ。オレは帰れない、もう、元には戻れない……。

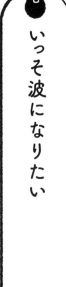

✩やりたい放題の業平が許される「本当の理由」

京都に居づらい理由は、書かれていないのでわかりませんが、やはり前段のことが絡んでいそうですよね。まあ、百歩譲って、誘拐ではなく同意だったとしても、それでも入内予定のお嬢様を盗み出すのはアウトです。京都には居づらいでしょう。でも、居づらいも何も、お咎《とが》めにあいそうですよね。ということは、その前に逃げ出してきたのでしょうか？　そうならば逃亡犯ですね。

それにしても、藤原家の政略結婚の駒となる大切な娘を、同意の有無にかかわらず盗み出すなんて、この在原業平という男はいったい何者で、（この駆け落ちがフィクションだとしても）どうしてこんな大胆不敵なことができる（キャラとして描かれている）のでしょう？

業平は『日本三代実録』という正史の中で、**「イケメンで自由奔放」**のように評されています。今回は、自由奔放に振る舞えた理由の一つとして考えられる、**「承和《じょうわ》の変」**（八四二年）と**業平の父親「阿保《あぼ》親王」**の史実を紹介しておきます。

嵯峨天皇の跡継ぎは……

第五二代天皇である嵯峨《さが》天皇は、異母弟の大伴《おおとも》親王（後の淳和《じゅんな》天皇）と同母妹の高志《こし》内親王の子・恒世《つねよ》親王に将来天皇になってほしいと考えていました。ですが、父親の大伴親王を差し置いて天皇にすることは不可能でしたので、まずは大伴親王に譲位し、大伴親王は淳和天皇として即位しました。

ただし、淳和天皇には有力な貴族の後ろ盾がないため、淳和天皇は自分の息子の恒世親王を皇太子とせず、嵯峨上皇の息子・正良《まさら》親王（後の仁明《にんみょう》天皇）を皇太子としました。息子が皇位継承の争いに巻き込まれないようにしたのです。

正良親王の妻は、藤原冬嗣《ふゆつぐ》の娘・順子《のぶこ》です（そう、五段［48頁］で出てきた五条に住んでいる大后の宮のことです）。藤原氏の娘を女御に持つ正良親王であれば、後ろ盾がしっかりしているため、皇位継承争いなどは起こらないだろうと淳和天皇は考えたのです。

淳和天皇が上皇となり仁明天皇が即位すると、嵯峨上皇の推しによって、仁明天皇の息子の道康《みちやす》親王（後の文徳《もんとく》天皇）ではなく、淳和上皇の息子・恒貞《つねさだ》親王が皇太子となりました（恒世親王は既に病気で亡くなっています）。

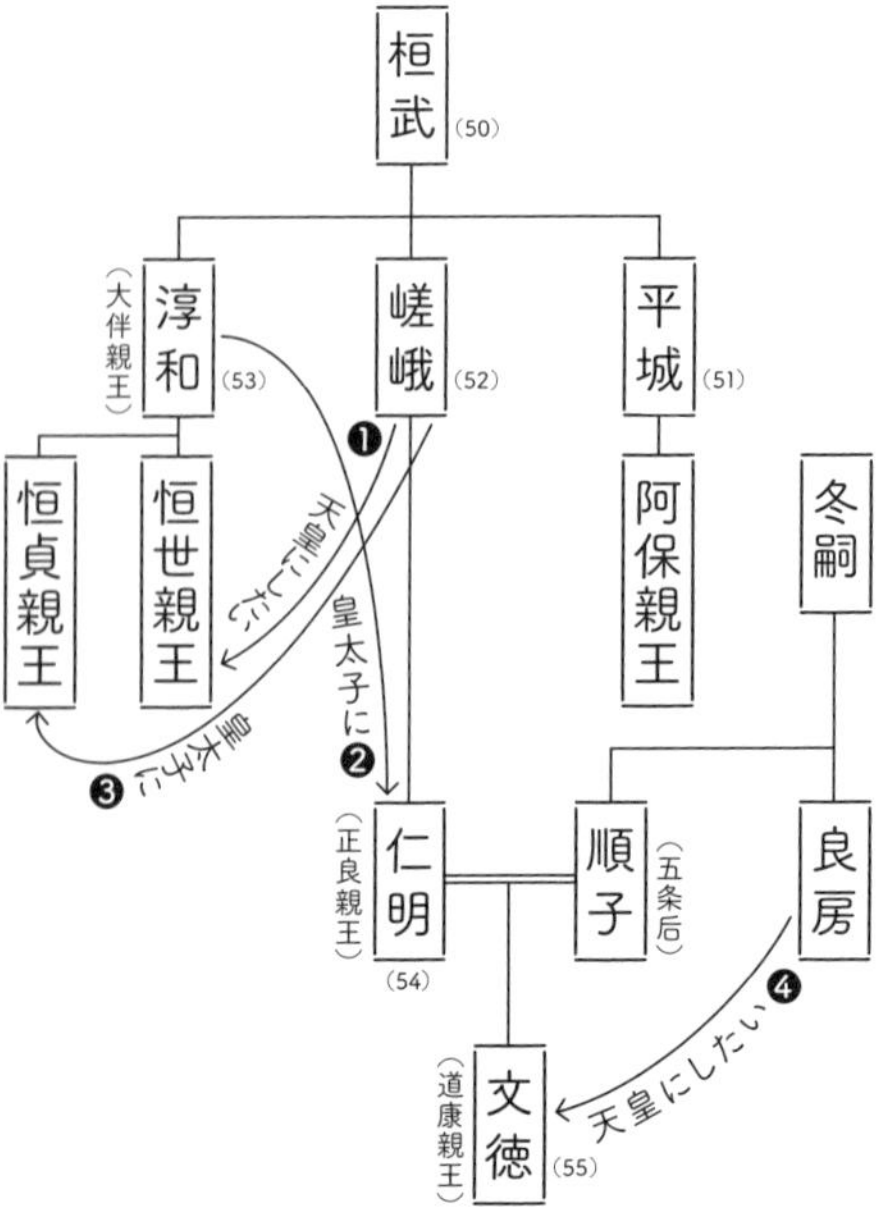

仁明天皇は自分の息子である道康親王を皇太子としたかったでしょうが、嵯峨上皇には逆らえませんでした。淳和上皇は自分の息子に害が及ばないよう気を遣ってきたのに、またここで振り出しに戻るわけで、淳和上皇にとっても恒貞親王にとっても、ありがた迷惑だったことでしょう。実際、この二人は何度も皇太子の

辞退を申し出ていたようです。ですが、嵯峨上皇に聞き入れられることはありませんでした。淳和上皇は後ろ盾のいない息子の心配をしたまま、世を去りました。

これで、嵯峨上皇まで亡くなってしまうと、恒貞親王に命の危険が及ぶかもしれません。仁明天皇や順子の兄・藤原良房《よしふさ》〔＝冬嗣の息子〕は道康親王に天皇になってほしいので、なんとしても恒貞親王を皇太子の座から引きずり下ろしたいと思っているからです。そこで、伴健岑《とものこわみね》と橘逸勢《たちばなのはやなり》が、恒貞親王の命を守るために、恒貞親王を引き連れて東国に行くことを画策し、橘逸勢がそのことを阿保親王に相談したのです（やっと、業平の父・阿保親王が出てきましたね！）。

悲劇はこうして起きた

阿保親王は仲間には加わらず、このことを橘逸勢の従姉妹でもある嵯峨上皇の皇后・橘嘉智子《たちばなのかちこ》〔＝仁明天皇と、恒貞親王の母・正子《まさこ》内親王の母。仁明天皇と正子内親王は同年生まれの双子の姉弟と考えられている〕に密書で上告したのです。

しかし、嘉智子はよりによって良房に相談してしまうのです。良房にとっては願ってもないチャンス到来です。

良房は当然、仁明天皇に報告し、嵯峨上皇が亡くなった二日後に、伴健岑と橘逸勢、その一味を謀反の罪で突然逮捕します。「恒貞親王を東国へ向かわせて、東国で謀反を起こす計画を立てている」というのが逮捕の理由。二人は謀反の企みなど立てていないと否認しますが、結局流罪となりました。

「恒貞親王は、直接この計画にはかかわってはいないが、責任をとらせる」という形で皇太子を廃されました（その後、恒貞親王は出家しています）。そして、道康親王を皇太子としました。

良房たちは、関係者と見られる者をたくさん処分し、その結果、藤原氏と同じように力を持っていた伴氏・橘氏が失脚し（藤原氏の他氏排斥《たしはいせき》）、藤原北家繁栄の土台を固めました。これが「承和の変」です。

「遺族の面倒は見るからね」

阿保親王の密告のおかげで、道康親王を皇太子にすることができ、他氏排斥もでき、良房にとって万々歳の結果となりました。

もちろん、阿保親王はそんなことを望んでいたわけではありません。嘉智子に、逸勢を止めてほしかったのでしょう。それが、自分の密告のせいで思いがけずたくさんの人が犠牲になり、そのショックからか、承和の変の三カ月後に阿保親王は急死しています（自殺説もあるほど）。

安保親王の葬儀では、「謀反を未然に防いだ」ということで称えられています。そして、「密告の功績により、遺族の面倒は見るから、安らかにあの世へ」という宣命が下されたようです。

とても長い説明になりましたが、遺族、それが業平たちです。ちなみに、承和の変の時、業平は18歳、高子はこの年に生まれています。

この事件により、業平は良房たち藤原氏から見れば恩人の息子なわけです。そういうこともあり、業平は藤原氏の大事な娘の高子ちゃんに手を出したり、盗み出したり、相当自由奔放な振る舞いができる（キャラとなっている）のかもしれませんね。さすがに入内してしまっては、天皇の妻ですから、業平でも手は出せませんが。

ところで、なぜ、父は阿保親王〔親王＝嫡出《ちゃくしゅつ》の皇子。皇族男子〕なのに、業平は親王ではないのでしょうか？　それは、また別の段で。

原文

昔、男ありけり。京にありわびてあづまにいきけるに、伊勢、尾張のあはひの海づらをゆくに、浪のいと白くたつを見て、

いとどしく過ぎゆく方《かた》の恋しきにうらやましくもかへる浪かな

となむよめりける。

現代語訳

昔、男がいた。京に居づらくて東国に行ったが、伊勢と、尾張の間の海岸を行くと、浪がとても白く立つのを見て、

ますます過ぎ去っていく京のことや過ぎ去った過去が恋しく思われるのに、うらやましくも、浪は寄せては返っていくのだなあ。

と詠んだ。

九（1） 泣きすぎて乾《かれ》飯《いい》がふやけちゃったよ

超現代語訳

昔、男がいた。オレです。オレは「自分なんて必要のない人間なんだ」と思い込んで、「京都にはもういるつもりはない、東国のほうに住むのに適当な国を探そう」って思って行ったのさ。もともとの友だち、一人、二人と行ったよ。道がわかる人はいないから、迷いながらの旅さ。それもいいもんだろ。

三河の国（現・愛知県）の八橋《やつはし》ってところは、水が八方に分流していて、橋が八つかかっているから八橋というらしい、そのままだよね。その沢のほとりで馬から下りて干したご飯を食べたんだ。この干したご飯は、旅行での持ち運びにとっても便利なんだ。そこに燕子花《かきつばた》が咲いていて、ある人が『かきつばた』という五文字を各句の頭に置いて、旅の心を詠め」って言いだして。いわゆる「あいうえお作文」だよね。
ま、そんなの、オレにとっては得意分野以外の何物でもないから、さっと詠んでやったよ。

から衣を　着てなじんでいる、私にもなじんだ　妻（つま）がいるので　はるばるこんなところまでやって来た　旅（たび）をしみじみ悲しく思ってしまうな。

とまあ、こんな感じかな。え？　ちょっ？　みんな、何泣いてんだよ。干したご飯がふやけてるじゃんか。まあ、食べやすくなるし、いっか。

★「昔男の東下り」に平安貴族読者も号泣!?

とても有名な段で、高校の授業や入試でも扱うことが多い題材です。
「かきつばた」の五文字を各句の頭に置いた原文の和歌は、「**から衣　きつつなれに**

し　つましあれば　はるばるきぬる　たびをしぞ思ふ」です。【超現代語訳】では訳ですから、五・七・五・七・七のリズムが完全に崩れてしまいましたが、これで各句の頭に「かきつはた」とあるのを実感していただけたと思われます（字余りの句もありますが）。

「折句《おりく》」と「掛詞《かけことば》」と「縁語《えんご》」

このように各句の頭の文字をつなげると、何かメッセージになるものを**「折句《おりく》」**といいます。「かきつばた」の「ば」の濁点がなくなっていることに違和感を覚える人もいらっしゃると思いますが、和歌では濁点の有無はかなり自由だと思ってください。

たとえば、「ないだろう」と訳す「あらじ」に、「嵐」の意味が含まれていたりなどもあります。「なぎさ（渚）」に「無き」の意味が含まれている場合も。ちなみに、このように同じ音に二つ以上の意味を持たせるものを**「掛詞」**といいます。

「かきつばた」の和歌にも「掛詞」がたくさんあります。「なれにし」の「なれ」に「褻れ（＝服を着古してよれよれになる）」と「慣れ（＝慣れ親しむ）」、「つま」に「棲（＝着物の裾の左右両端の部分）」と「妻」、「はる（ばる）」に「張る（＝洗った服を糊付けして張ること。現在のアイロンの働きで、しわ伸ばしのため）」と「遥々」、「きぬる」の「き」に「着」と「来」がそれぞれかかっています。

何やら衣類に関係する言葉がたくさん使用されていると感じた人、するどいです！和歌中の、ある名詞に関係する言葉が、和歌の中にちりばめられている修辞技法のことを**「縁語《えんご》」**といいます。「褻れ」「褄」「張る」「着」は「から衣」の「縁語」です。

縁語は、その言葉の通り縁がある語なので、中心となる名詞から連想できる語を用いていますが、連想できればなんでもOKというわけではなく、**「歌の主文脈にはかかわらない」**ことが重要です。たとえば、「から衣～」の和歌の主文脈、つまり、言いたいことは「慣れ親しんだ妻がいるので、はるばると来てしまった旅をしみじみと思う」というほうであって、「衣装を着古しちゃったからヨレヨレだよ～。この部分は褄っていうんだよ。さ、アイロンのために糊付けして張るぞ！　そして、服を着よう」のような文脈の和歌ではないですよね。メインの意味には関係ないように、ちりばめられているのが縁語です。

そして、掛詞が複数ある場合は、このように掛詞の片方同士が縁語になっていることもけっこう多いのです。よって、縁語を見つけるような問題が出題された場合は、わからなければ、先に掛詞を探してみるのも一つの手です！
「掛詞」も「縁語」も「折句」も、大学入試で問われる大事な和歌の修辞技法です（特に「掛詞」と「縁語」）。受験生は覚えておいてくださいね。

原文

昔、男ありけり。その男、身をえうなきものに思ひなして、京にはあらじ、あづまの方《かた》に住むべき国求めにとて行《ゆ》きけり。もとより友とする人、ひとりふたりしていきけり。道知れる人もなくて、まどひいきけり。三河の国八橋《やつはし》といふ所にいたりぬ。そこを八橋といひけるは、水ゆく河の蜘蛛手《くもで》なれば、橋を八つわたせるによりてなむ、八橋といひける。その沢のほとりの木の陰に下りゐて、乾飯《かれいい》食ひけり。その沢にかきつばたいとおもしろく咲きたり。それを見て、ある人のいはく、「かきつばた、といふ五文字《いつもじ》を句の上《かみ》にすゑて、旅の心をよめ」といひければ、よめる。

から衣きつつなれにしつましあればはるばるきぬる旅をしぞ思ふ

とよめりければ、皆人、乾飯の上に涙おとしてほとびにけり。

現代語訳

昔、男がいた。その男が、自身を必要のないものに思い込んで、京にはおるまい、東国の方に住むのに適当な国を求めようと思って出て行った。もとからの友人、一人、二人とともに行った。道を知っている人もなく、迷いながら行った。三河の国の八橋というところに着いた。そこを八橋といったのは、水の流れが八方に分かれていたので、橋を八つかけていたことによって、八橋といった。その沢の木陰に馬から下りて座り、乾飯を食べた。その沢に燕子花がたいそう美しく咲いていた。それを見て、ある人が、「『かきつばた』という五文字を句の頭に置いて、旅の心を詠め」と言ったので、詠んだ（歌）。

唐衣を着ていると着なれてくたくたになる、その慣れ親しんだ妻が（都に）いるので、はるばるやって来た旅をしみじみと思うことよ。

このように詠んだので、皆が、乾飯の上に涙を落としてふやけた。

ワンポイントレッスン

「あづまの方に住むべき国求めにとて〜」の「べき」の意味

この「べき」は助動詞「べし」の連体形です。助動詞「べし」には「推量・意志・可能・当然・命令・適当」などの意味があります。「東国に住もうと思う国」「東国に住むことができる国」など、意志や可能でも意味はとれますが、大学入試だと「適当（＝〜するほうがよい）」と見ます。比較・選択の文脈で使用されている「べし」は「適当」になりやすいと考えられています。この文脈も、住む国を探すために、東西南北いろんな方角がある中で「東」を選択しています。よって、「住むのがよい国、住むのに適当な国」と適当でとっています。ただし、意味を出題されていなければ、「べき」のままサラッと読んでいけばＯＫですよ。

九(2) あれが隅田川か。ずいぶん遠くまで来ちゃったな〜

【超現代語訳】

三河の次は、駿河《するが》の国（現・静岡県）での話。宇津《うつ》の山の道が暗いし、細いし、蔦《つた》や楓《かえで》も茂っているし、なんだか心細いところで、修行者に出会ったんだ。

その人が突然「どうしてこんなとこにいるんだ!?」って言ってきて、よく見たらなんと京都での知り合い！　いや〜、こんな偶然って本当にあるんだね。その人は京都に帰るとのことだから、「あの人に」って手紙を託したんだ。

駿河にある宇津の山のほとりにいます。その山の名前の「うつ」ではないけれど、「うつつ」【現】、つまり、現実でも夢でもあなたに逢わないのだなあ……。

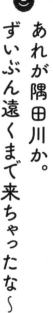

富士山を見ると、五月下旬なのに、雪がまだあるんだよ!!

富士山は時節がわかんないのかな。いつだと思ってるんだろう。まるで鹿の子のまだら模様のように雪がまだらに降り積もってるよ。

都の人は、「大きい」「大きい」と噂で聞く富士山の大きさが、実際どれほど大きいかわからないよね。比叡山《ひえいざん》を二十くらい重ね上げた高さだよ！　形は海水から塩分を集めるために作る塩尻《しおじり》（＝すり鉢型を逆さにした形）みたいな感じさ。

さらに進んで、武蔵《むさし》の国（現・東京、埼玉、神奈川のあたり）と下総《しもうさ》の国（現・千葉北部、茨城の一部）の間にある、とても大きな河「隅田川」のほとりに来た時に、本当に遠くまでやって来たことだなぁって、ちょっとブルーになってしまったぜ。

隅田川の船頭《せんどう》が「早く船に乗りな、日も暮れてしまうぞ」って言うから、乗ろうとは思うんだけど、この河を越えたら、さらに京から遠ざかってしまうのかと思うと、なんとなくつらくなってきて。それは、オレだけじゃなくて、友人たちもさ。みんな、京都に愛しい人がいるからね。

そんなブルーな時に、白い鳥で、くちばしと脚が赤くて、大きさは、そうだな、鴫《しぎ》くらいかな、そんな鳥が水上で遊びながら魚を食べているのが目に入ってきたんだ。京都では見たことがない鳥だから、みんな釘付けだよ。船頭に「あれはなんという鳥なんだ？」って思わず聞いてしまったくらいさ。そしたら、なんと「これは都鳥《みやこどり》だよ」なんて言うじゃないか。びっくりだぜ！

「みやこ」なんて名前がついているのなら、都のことはなんでも知ってるだろ？　都鳥さんよ。さあ、それでは聞いてみるぞ。オレの愛するあの人は元気なのか？　どうなんだ？　答えてくれよ……。

ついつい、そう口に出してしまったら、船に乗っている者がみんな泣いてしまったんだ。余計に、思い出させてしまったな。悪いことしてしまったよ。

★夢で逢えないのは「誰」のせい？

宇津の山の和歌で「夢でもあなたに逢わない」とありますね。現代であれば、「じゃあ、自分の気持ちがその程度ってことじゃないの？」となってしまいそうですが、夢に人が出てきた場合の考え方が、昔と現代とでは違うのです。

現代では、好きな人のことを夢で見ると、おそらく大半の人は「自分がその人のことを考えすぎて夢に出てきた」って思いますよね。ですが、昔は、**誰かが自分の夢に出てくるのは、「相手が自分のことを想っているから」**なのです。勝手に夢で見ていて、「おいおい、オレ（もしくは「私」）のこと好きなのか？」みたいな感じ。現代からしたら、「いやいや、勘弁してよ」となりますが、昔はそうなのです。「好き」とまではいかなくても、何か伝えたいことがあるから夢に出てくるとか、とにかく、相手側から自分へのアプローチと考えます。

ですから、「夢に出てこない」ので、業平は「オレのこと、ちっともなんとも想ってくれていないんだね」と思って詠んでいるのです。

◎「都鳥」は今でも「都民の鳥」

業平一行が次に見たのは富士山です。五月下旬とありますが、これは陰暦。現代の太陽暦だと六月下旬から七月中旬にかけてくらいです。富士山の頂上付近だと、一年中雪が残る「万年雪」といわれる部分もあるらしいですね（万年雪があるのは富士山だけではありません）。

富士山の高さは比叡山を二十ほど重ね上げたくらいとありますが、比叡山の標高は八四八メートルです。富士山は三七七六メートルなので、せいぜい四・五倍弱です。まあ、それくらい大きく見えたということでしょうね。

最後に隅田川。都という名前がついているだけで、京の都のことを知っているだろうと問われてしまった気の毒な都鳥さん。もし都鳥が口をきけたら「知らねーよ」と言われても仕方がないと思われますが、この都鳥というのは「ユリカモメ」のことです。渡り鳥で冬に日本全国の水辺に飛来します。

当時は東京あたりに多く飛来したのでしょう。現在でも、東京の「都民の鳥」に指定されていますよ（昭和40年に、十種候補をあげて都民からのハガキ投票をしたところ、堂々の第一位を獲得し、「都民の鳥」に指定されました）。

原文

ゆきゆきて駿河《するが》の国にいたりぬ。宇津《うつ》の山にいたりて、わが入《い》らむとする道はいと暗う細きに、蔦《つた》かへでは茂り、もの心細く、すずろなるめを見ることと思ふに、修行者あひたり。「かかる道は、いかでかいまする」といふを見れば、見し人なりけり。京に、その人の御もとにとて、文書きてつく。

駿河なる宇津の山辺《やまべ》のうつつにも夢にも人にあはぬなりけり

富士の山を見れば、五月《さつき》のつごもりに、雪いと白う降れり。

時知らぬ山は富士の嶺《ね》いつとてか鹿子《かのこ》まだらに雪の降るらむ

その山は、ここにたとへば、比叡《ひえ》の山を二十《はたち》ばかり重ねあげたらむほどして、なりは塩尻《しおじり》のやうになむありける。

なほゆきゆきて、武蔵《むさし》の国と下《しも》つ総《うさ》の国との中にいと大きなる河あり。それをすみだ河といふ。その河のほとりにむれゐて、思ひやれば、限りなく遠くも来《き》にけるかな、とわびあへるに、渡守《わたしもり》、「はや船に乗れ、日も暮れぬ」といふに、乗りて渡らむとするに、皆人ものわびしくて、京に思ふ人なきにしもあらず。さる折しも、白き鳥の、嘴《はし》と脚と赤き、鴫《しぎ》の大きさなる、水の上に遊びつつ魚《いお》を食ふ。京には見えぬ鳥なれば、皆人見しらず。渡守に問ひければ、「これなむ都鳥《みやこどり》」といふを聞きて、

名にし負はばいざ言問《ことと》はむ都鳥わが思ふ人はありやなしやと

とよめりければ、船こぞりて泣きにけり。

現代語訳

どんどん進み駿河の国に着いた。宇津の山に来て、これから自分が入っていこうとする道はたいそう暗くて細く、蔦や楓が生い茂り、なんとなく心細く、ひどい目を見ることだと思っていると、修行者と会った。「こんな道に、どうしていらっしゃるのか」と言うのを見ると、見知った人であった。京に（いる）、あの方のもとにと思って、手紙を書いて託した。

駿河の国にある宇津の山のほとりにいます。その名の「うつ」ではないが、うつつ〈＝現実〉にも夢にもあなたに逢わないのだなあ。

富士の山を見ると、五月の下旬に、雪がたいそう白く降り積もっている。

時節を知らない富士山の頂に、いつだと思って鹿の子まだらに雪が降り積もっているのだろうか。

その山は、京の都にたとえるなら、比叡山を二十ほど重ね上げたような高さで、形は塩尻のようであった。

さらにどんどん進み、武蔵の国と下総の国の間にとても大きな河がある。それを隅田川という。その河のほとりに皆で座って、思いを馳せると、限りなく遠くまで来たなあ、と物悲しい気分になっているところに、船頭が、「早く船に乗れ、日が暮れてしまう」と言うので、乗って渡ろうとしたが、みんながなんとなく悲しい気持ちになって、都に思う人がいないわけではない。そんな折に、白い鳥で、くちばしと脚が赤い、鴫の大きさの鳥が、水の上に浮かびながら魚を食べる。京には見られない鳥なので、みんな見知らない。船頭

に尋ねると、「これが都鳥」と言うのを聞いて、

（「都」という）名前がついているならば、さあ尋ねよう。都鳥よ、私の想い人は元気か
どうかと。

と詠んだところ、船にいる人がこぞって泣いた。

ワンポイントレッスン

「うつつ」の反対語は？

「夢かうつつか幻か」という言葉を聞いたことがあるという人も多いのではと思います。「うつつ」は漢字で「現」。大学入試でも重要単語で、「現実」「正気」などの意味です。「うつつ」（現実）の反対語は「夢」。反対語が問われたこともありますが、難しくないですね。受験生は覚えておきましょう。

「女性に優しく」はオレのモットーなんだ

超現代語訳

昔、オレが武蔵の国までさまよい歩いたんだけど、その時に、そこに住む女に求婚したんだ。え？　京都の想い人はどうしたのかって？　それはそれ。これはこれ。しかも京都のあの子、もう無理だし……。

でさ、この武蔵の国の女の父親は、娘を他の男と結婚させようとしてたみたいなんだけど、母親は高貴な人を狙ってたらしいんだよ。父親は並レベルの身分だったけど、この母親はどうやら藤原氏だったから、まあ、納得っちゃ納得。

オレ、今はこんなふうにさすらってるけど、もともとは平城《へいぜい》天皇の第一皇子、阿保《あぼ》親王の息子なんだよね。お袋は、桓武《かんむ》天皇の皇女、伊都《いと》内親王。だから、オレの血筋って、

実はめちゃくちゃセレブなんだよね。そんなオレが現れたわけだから、この娘の母親は、なんとしてでも娘とオレをくっつけたいわけよ。入間郡《いるま》の三芳野《みよしの》の里だったんだけど、そんなド田舎にオレみたいなレベル、絶対いないからね。母親はとにかく必死。こんな手紙をよこしてきたくらい。

三芳野の田んぼにいる雁《かり》も、追い払う鳴子《なるこ》の「引板《ひた》」を振って鳴らすと、寄って声を上げるように、私の娘も、ひたすらあなたのことを頼りにして心を寄せていますのよ。

まあ、こんな歌もらっちゃったら、返事をするしかないよね。

私のことを頼りにして心を寄せているとかいう三芳野のあなたのお嬢様のことを、いつ忘れることがあろうか、いや、忘れはしませんよ。

都ではない他の国でも、オレ、やっぱこういうのやめられないんだよね。それに、このオレが女性の期待を裏切るわけにはいかないぜ。

なぜ業平は「臣籍降下《しんせきこうか》」したのか？

「三芳野」とは、現在も埼玉県入間郡三芳町という町がありますが、詳細は不明で、川越市あたりではないか、とも考えられています。川越市だろうが、三芳町だろうが、「ド田舎」といっているのは現在のことではありません。昔は、東京（武蔵の国）ですら立派なド田舎です。なんなら、京都でも都から離れたところは田舎。栄えている場所なんて、宮中近辺だけです。それ以外は全部田舎。そんな昔の価値観です。

さて、元は皇族であった業平が臣籍降下〔＝皇族を離れ、姓を与えられ臣下となること。皇籍離脱〕したのは、**「薬子《くすこ》の変」**（八一〇年、「平城太上天皇《へいぜいだいじょう》の変」とも）が原因です。

桓武天皇の皇子である平城上皇〔＝業平の父方の祖父〕と嵯峨天皇が対立しました

が、嵯峨天皇が勝利し、平城上皇は出家をして終わりました。それにより、平城上皇の第一皇子である阿保親王〔＝業平の父〕は、大宰権帥《だざいのごんのそち》に左遷されました。後に許されて帰京し、伊都内親王と結婚し、業平が生まれたのです。その後、業平を含む四人の子供に在原姓を賜い、臣籍降下させたのです。

阿保親王はそうすることにより、朝廷に逆らうつもりがないということを証明したかったのかもしれません。皇族でいて危険な目にあわせるよりも、子供たちの命と安全を守りたかったのでしょう。これが、業平が業平親王ではなくなった理由です。

このように、臣籍降下はしましたが、元は皇族のお坊ちゃまですし、「承和の変」（65頁〜）での父の功績（?）からの藤原氏の庇護もありますし、自由奔放に振る舞ってもなんとなく許されるキャラだったのかもしれませんね。

ちなみに、『源氏物語』の主人公、光源氏も臣籍降下したプレイボーイです。よって、**在原業平は光源氏のモデルの一人ではないか**、といわれています。光源氏のモデルと考えられている人物は十人以上いますので、あくまでも候補の一人ですが。

原文

昔、男、武蔵《むさし》の国までまどひ歩《あり》きけり。さてその国にある女をよばひけり。父はこと人にあはせむといひけるを、母なむあてなる人に心つけたりける。父はなほ人《びと》にて、母なむ藤原なりける。さてなむあてなる人にと思ひける。この婿がねによみておこせたりける。住む所なむ入間《いるま》の郡《こおり》、みよしのの里なりける。

みよしののたのむの雁《かり》もひたぶるに君《きみ》が方《かた》にぞよると鳴くなる

婿がね、返し、

わが方《かた》によると鳴くなるみよしののたのむの雁をいつか忘れむ

となむ。人の国にても、なほかかることなむやまざりける。

現代語訳

昔、男が、武蔵の国までさまよい歩いた。そしてその国に住む女に求婚した。（女の）父は他の男と結婚させようと言ったが、母は高貴な身分の人にと考えていた。父は普通の身分の人で、母は藤原氏であった。だから高貴な身分の人にと思った。（母は）この婿候補の男に歌を詠んでよこした。住むところは入間郡の、三芳野の里であった。

三芳野の田の面《も》にいる雁も、ひたすらに引板《ひた》を引くと一方へ寄って鳴くように、私の娘もひたすらあなたを頼りにして、心を寄せているようです。

婿候補の男は、返歌として、

私の方に心を寄せていらっしゃるという三芳野のお嬢様を、いつ忘れましょうか、いや、忘れません。

と（詠んだ）。京から離れた他の国でも、こうした色好みなことはやまなかった。

ワンポイントレッスン

「よばひ」（よばふ）とは

現代で「よばい」といえば、夜中に他人の寝所に忍び込み、体の関係を結ぶというちょっと猥《みだ》らな意味ですが、古文では「求婚」です。一応、現代と同じような「男性が女性の寝所に忍び込み……」という意味もありますが、「求婚」が一般的。

動詞なら「よばふ」で求婚すること。「よばふ」の「ふ」は、上代で使用されていた「継続」の意味の助動詞です。よって、直訳は「呼び続ける」。「○○ちゃん、○○ちゃん、ねえ、結婚しようよ、○○ちゃん」と、名前を呼び続けて求婚したイメージで覚えておくとよいですよ。入試で問われる重要単語です。

十二 危ない、危ない！ あやうく焼かれるところだったよ

超現代語訳

昔、男がいた（オレ）。とある人の娘と心をひそかに通わせたから、誘い出して武蔵野へ連れて行ったら、なんと「盗人」扱いだぜ。国守《こくしゅ》に捕まってしまったんだ。どうやって捕まったのかって？ 捕まりそうになったオレは、その女《コ》を草むらの中に置いて逃げたのさ。追っ手が「この野に盗人がいるようだ」と言って、火をつけようとしたから、女が悲しんで、

武蔵野は今日は焼かないで。私の夫も私も隠れているの……。

と詠んだんだ。それを聞いた追っ手は、あの女《コ》のひそんでいる場所を割り出して取り戻

し、オレがいることもバレたから、あいつら野探しするし、結局オレも見つかって捕まった、というわけさ。

☆またもや駆け落ち？　誘拐？

またもや駆け落ち騒動です。この男、大丈夫ですかね……。懲りてないのでしょうか。ただ、今回はどうやら女性も同意のようです。

女性が詠んだ和歌の下の句に、「つまもこもれりわれもこもれり」とあり、「も」の文字から「つま」と「われ」は別人であることがわかります。「われ」が女性自身であれば、「つま」はこの場合、男性を指します。現代で「つま」といえば、夫から妻を呼ぶ言葉で「妻」ですよね。古文の「つま」にも同じ意味がありますが、古文ではそれだけではなく、**妻から夫を呼ぶ言葉も「夫《つま》」**なのです。ここでは後者。

ということで、この女性は業平のことを、一応「夫」と言っていますので、無理やりではなかったようで、そこは一安心です。ですが、捕まりかけた時に女を草むらに置いて逃げた!? は? 啞然――。やっぱり、この男、大丈夫ですかね……。

この段の和歌とよく似た和歌が『古今和歌集』に「詠み人知らず」として収録されています。『古今和歌集』のほうは、初句が「武蔵野は」ではなく「春日野は」。もともとは春の野遊びの民謡のようです。この段は、この和歌をもととして作られた段なのです。そのために無理やり作ったような筋書きとなっていて、いくつか解釈が分かれており、辻褄を合わせるのが難しい段と考えられています。私も【超現代語訳】の最後のあたり、辻褄を合わせるために勝手に創作しましたのでお許しください。

原文

昔、男ありけり。人のむすめを盗みて、武蔵野《むさしの》へ率《い》て行くほどに、盗人なりければ、国の守《かみ》にからめられにけり。女をば草むらの中に置きて、逃げにけり。道来る人、「この野は盗人あなり」とて、火つけむとす。女わびて、

武蔵野は今日はな焼きそ若草のつまもこもれりわれもこもれり

＝とよみけるを聞きて、女をばとりて、ともに率ていにけり。

現代語訳

昔、男がいた。人の娘を盗んで、武蔵野に連れて行くと、盗人であるということで、国守に捕らえられてしまった。（捕縛直前、男は）女を草むらの中に置いて、逃げた。道を追ってきた人が、「この野原には盗人がいるようだ」と言って、火をつけようとする。女は困惑して、

武蔵野は今日は焼かないでください。私の夫も隠れているし、私自身も隠れているの。

と詠んだのを聞いて、（追っ手は）女を取り戻して、一緒に連れ帰った。

ワンポイントレッスン

「な焼きそ」とは

「な～そ」は「～するな」の意。「～しないでくれ」という哀願系の禁止です。

十三 正直に伝えただけなのに……。女心は難しいな

超現代語訳

昔、京の都から武蔵の国に住む場所を変えた男（オレ）が、京都にいる女に手紙を贈ったんだ。「言うのは恥ずかしいし、言わないのは心苦しくて」って。

なんのことかわかった？　こっちで彼女ができたこと、伝えておいたほうがいいのかな、と思ってさ。

封書には「むさしあぶみ」と書いたんだけど、「あぶみ」っていうのは馬に乗る時に両足を乗せる馬具で、武蔵でも作られているんだ。「武蔵の国より」って書くよりは、名産品を入れて書くほうがちょっとオシャレな感じがするだろ？

それだけじゃなく、「武蔵で逢ふ身」って意味もかけてるのさ。「逢ふ」は男と女が

深い関係になることを意味するから、「武蔵でそういう女ができたぜ」っていう暗示も含めてけっこうシャレた感じで伝えたつもりさ。

もうちゃんと知らせたし、特にこれ以上は言うことはないから、それっきりご無沙汰しちゃったんだよね。そしたら京都の女から手紙が来たんだ。こんな内容だったよ。

あなたの女好きは今に始まったことじゃないし、もう諦めてはいるけどね。それでもやっぱり、どこかであなたのこと、頼りにしているの。だから、手紙が来ないのも悲しいし、かといって、彼女ができたなんて手紙もらうのも腹立たしいし、ホントあなたってどういう神経してるんだか……。

「女性に優しく」がモットーのオレとしては、この返事はショックだったぜ。ついこんな歌を口ずさんでしまったよ。

せっかく手紙を出したのにこんなこと言われてしまうなんて。出さなきゃ出さないで恨むんだろ？　女心って難しいよな。もうどうしていいかわかんないよ。はぁ。

こういう時に人は思いあまって死ぬのだろうな。

そんな報告はいらない！

先に述べたように、当時は一夫多妻ですから、妻が何人いようが、愛人がたくさんいようが、何も悪いことではありません。女性側の苦しみは同じでしょうけど、現代のようにそれで責めることはできません。

ですが、こんな明け透けに伝えなくてもよいのではと、女性の私は思ってしまいますね。新しい女性がいるのはいいけど（＝仕方ないけど）、わざわざそれを伝えないでほしいんじゃないかなぁ、と。しかも、今、遠距離なんですよね。なおさらでしょう。現代のように簡単に連絡なんてとれないのに、やっと久しぶりに手紙が届いたかと思えば、**「そんな報告かーいっ‼　そんなんいらんねん！」**ってなりそうです。「言わないのは心苦しくて」なんて、つまり、本人が楽になりたいだけですよね。本当のプレイボーイならこんな失態を演じないと思うのですが、どうなんでしょう……。

原文

昔、武蔵なる男、京なる女のもとに、「聞こゆれば恥づかし、聞こえねば苦し」と書きて、上書《うわが》きに、「むさしあぶみ」と書きて、おこせてのち、音もせずなりにければ、京より、女、

武蔵鐙《むさしあぶみ》さすがにかけて頼むには問はぬもつらし問ふもうるさし
とあるを見てなむ、堪へがたき心地しける。

問へば言ふ問はねば恨む武蔵鐙かかる折にや人は死ぬらむ

現代語訳

昔、武蔵の国に住む男が、京にいる女のもとに、「申し上げれば恥ずかしいし、申し上げなければ苦しい」と書いて、上書きに、「むさしあぶみ」と(手紙を)書いて、贈った後、連絡が途絶えてしまったので、京から、女が、

武蔵鐙《むさしあぶみ》をさげる革をつける金具の「さすが」ではないが、（あなたのことは諦めているが）そうはいってもやはり、頼みにしています。手紙がないのもつらいし、手紙でそちらの妻のことをあれこれ知らされるのもわずらわしい。

とよこした返事を見て、（男は）やりきれない気持ちがした。

手紙を贈ればわずらわしいと言い、贈らなければ恨む。このような時に、人はどうしてよいのかわからずに、死んでしまうのであろう。

……………………………

ワンポイントレッスン

「さすが（に）」とは

副詞「さすが」「さすがに」は、現代語の「さすがですね！　すごいです！」のような意味ではなく、「そうはいってもやはり」と訳す重要単語です。今回、女性の和歌の中で使われています。

「鐙《あぶみ》をさげる革についている止め金」のことも「刺鉄《さすが》」といい、ここでは、その止め金の「さすが」と副詞の「さすが」の両方の意味がかけられています。金具のほうは忘れてもかまいませんが、受験生は副詞「さすが」「さすがに」＝「そうはいってもやはり」の意味は、必ず覚えておきましょう。

十四 田舎者にはイヤミも通じないのか……

超現代語訳

昔、オレが、陸奥《みちのく》の国（奥州。現・青森、岩手、宮城、福島県）にあてもなく行き着いた時の話。そこの女が、都会人が珍しかったんだろうな、オレに夢中になってるのがわかるくらいオレに惚れててさ。女からアプローチしてきたんだぜ。

中途半端に恋の沼にハマって死なないで、ちょっとの間でも蚕《かいこ》になるべきだったわ。ほら、蚕って、繭の中にオスとメスが一緒にこもることがあるんだもん……なんて、キャッ♡　私ったら、なんて大胆なこと口走ってるのかしら。

「蚕」って……、田舎くせ～。和歌の内容までやっぱり田舎もんだな。ま、とはいえ、正直で素朴で、かわいいっちゃかわいいけどさ。こんなストレートに誘われたら、断る理由はないだろ？　だから、もちろん一緒に寝てあげたよ。とはいえ、朝、明るくなるギリギリまでこの子といるのはきつくてさ。まだ夜中だったけど、「寝てやったし、いいよな、帰っちゃえ」って出てきちゃったんだよね、オレ。そしたら、女からまた歌が届いたんだけど……。

夜が明けたなら水槽に投げ込んでやるわ！　あの間抜けなくされ鶏《にわとり》め！　まだ夜明けでもないのに、何鳴いちゃってくれてんのよ!!　あんたのせいでダーリンが帰っちゃったじゃないのよ。どうしてくれんのよ！　あのクソ鶏がっ!!

もう、ドン引きだよ。だから、オレは「京へ帰ることになったから」って言って、こんな歌を詠んだんだ。

栗原《くりはら》郡の姉歯《あねは》にある、あの名物の松が、もし人だったたならば、都へのお土産として「さあ、一緒に」って言ったんだけどな（お前も人並みだったら、「一緒に」って誘ってるけどね。残念だったたな、あばよ！）。

あの女、この歌もらって「私のこと好きだったらしいわ」って喜んだとか。さすが田舎女だな、オレが言いたかったことが全然伝わってないや。

「一緒に」って誘ってない時点で、「おまえには残念ながらそんな魅力はない」って言いたかったんだけど、それも通じなかったか。

「きつ」は水槽？　キツネ？

蚕の和歌は、たしかに、月や花のことを詠んでいるような風流な感じはあまりしませんが、「桑子（＝蚕）」は、この女性が詠んでいるように、オスとメスが一緒に繭の中にこもるものがあるらしく、「夫婦仲がよい」ことのたとえとして詠まれるようです。

二つ目の和歌はひどいですね。原文の「きつにはめなで」の「きつ」というのを、水槽とする説と、キツネとする説があるようです。

「水槽」ならば、「はめなで」は「投げ入れる」という解釈。「水槽に投げ入れる」と聞くと「なんてひどいことをするんだ」と思いますが、沈めて殺すというわけではなく、**「朝も来ていないのに鳴いてしまう鶏は、お腹を水で冷やせば鳴かなくなる」**と考えられていたようで、あくまでお腹を冷やすためです。

もし「キツネ」でとれば、「はめなで」は「食べさせる」という解釈になり、こっちのほうが明らかに残酷です。ここでは「水槽」でとりました。まあ、こっちでも、男があきれる気持ちはわかりますが。

最後の和歌をどう取り違えたのかはわかりませんが、取り違えて幸せだったでしょうね、この女性。嫌味に気づかず、喜んで終われたのですから。

察しがいい女性だったなら傷ついてしまい、悲しい結末になりそうですが、プラスに勘違いしてくれているおかげで、なんとなくププッと笑って終われる段だと感じます。

原文

＝ 昔、男、陸奥《みち》の国にすずろに行きいたりにけり。そこなる女、京の人はめづらかにや覚

えけむ、せちに思へる心なむありける。さてかの女、

なかなかに恋に死なずは桑子《くわこ》にぞなるべかりける玉の緒《お》ばかり

歌さへぞひなびたりける。さすがにあはれとや思ひけむ、いきて寝にけり。夜《よ》深く出《い》でにければ、女、

夜も明けばきつにはめなでくたかけのまだきに鳴きてせなをやりつる

といへるに、男、京へなむまかるとて、

栗原《くりはら》のあねはの松の人ならば都のつとにいざといはましを

といへりければ、よろこぼひて、「思ひけらし」とぞいひをりける。

現代語訳

昔、男が、奥州にあてもなく行き着いた。そこに住む女が、京の人を珍しく思ったのだろうか、切実に思う心があった。その女が（詠んだ歌）、

なまじっか恋に死なないで、蚕になればよかった。せめてちょっとの間でも。

歌まで田舎じみていた。（男は）そうはいってもやはり情は感じたのだろうか、（女のところに）行ってともに寝た。まだ夜が深いうちに（男が）出て行ったので、女が、

夜が明けたら水槽に投げ入れてやる、大バカ者の鶏が夜が明けないうちに鳴いて、夫を出してしまった。

と詠んだので、男は、（あきれて）京へ帰ると言って、

栗原のあねはの松が人ならば、都への土産に、さあ一緒にと誘ったものを（＝残念ながらお前には、その魅力はないよ）。

と詠んだところ、（女は勘違いして）喜んで、「私を思ってくれていたらしい」と言いふらしていた。

ワンポイントレッスン

「せな」とは

女性から、夫や男性を親しんで呼ぶ語で、「な」は接尾語です。「せ」も同じ意味。男性から、女性を親しんで呼ぶ語は「いも」【妹】。よって、「妹背」は「夫婦」や「兄と妹」「姉と弟」などの意味です。

2章

通い婚、幼なじみと純愛、離婚…

平安時代の恋愛事情編

【2章がよくわかる人物系図】

※数字は天皇の代数

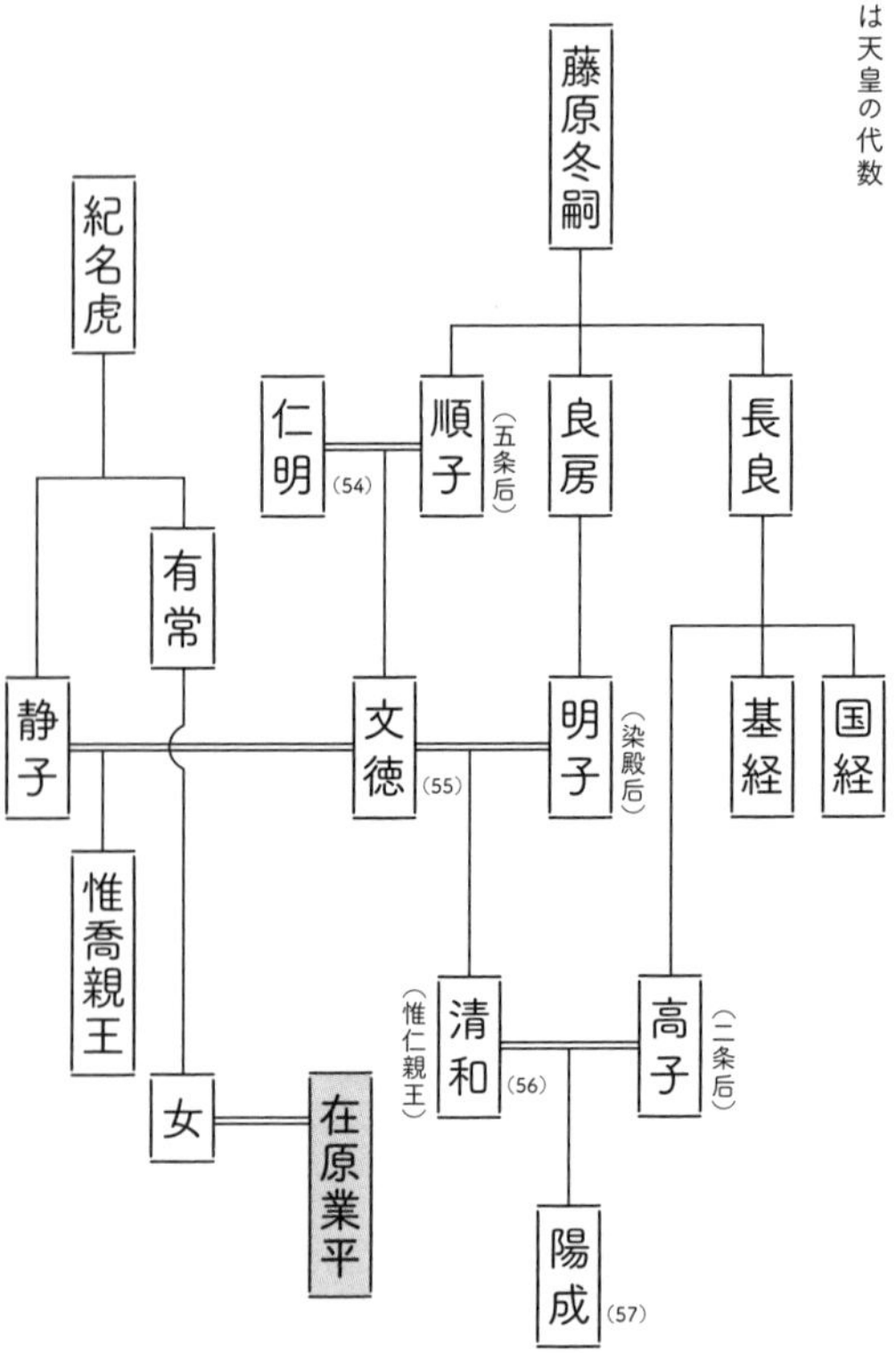

十六 オレの義父《とう》さん、奥さんに捨てられちゃってね

【超現代語訳】

昔、紀有常《きのありつね》っていう人がいたんだ。え？　オレじゃないのかって？　オレだって他の人の話くらいするよ〜。ま、オレの義父なんだけどね。

仁明《にんみょう》天皇と文徳《もんとく》天皇、清和《せいわ》天皇、この三人の天皇に仕えた人で、昔はイケイケだったんだけど、晩年は時勢が変わっちゃったからね、人並みな暮らしもできなくなっちゃって。でも、義父の人柄は、それはもう立派でさ、そうなっても品がよく優雅なことが好きだったんだ。貧しくなっても、豊かだった時と変わらずで、まぁ、普通の暮らし方を知らなかったんだよね。

でも、そんなのだからさ、夫婦仲はおかしくなってくるよね。お義母《かあ》さん（＝有常に

とって妻）が、ついにキレちゃって、義母の姉が尼だったんだけど、そこに行くって。もともと、そこまでべったりの仲でもなかったみたいなんだけど、いざ出て行くってなったら、やっぱりちょっと悲しいよね。義父は何か餞別のようなものを渡したかったみたいだけど、貧しくてそんなのも買えなかったようで、オレに手紙をくれたのさ。
「妻が去るのに、何もしてやれない」って。手紙の最後に歌もあったよ。

指で数えたら、四十年連れ添っていたんだな。

こんなの見たら、オレ、ほっとけないじゃん。オレのお下がりの服や夜具、そして歌を贈ったよ。

四十年、お義母さんも、きっとお義父《とう》さんのことを頼りにしていたことでしょう。

そしたら、また返事くれてさ、

これは天《あま》の羽衣《はごろも》だな！　君が着た服なんだから！

義父さん、テンション上がりすぎだよな。もう一首あったよ。

もう秋がきたのか？　露がこんなに発生しているのか？　と、間違えてしまうほど、私はうれし涙が止まらない。

✿有常が落ちぶれた理由はまたもや「藤原氏」

「貧しくなったにもかかわらず、豊かだった時と変わらず、普通の暮らし方を知らない」って、それのどこが立派なんだ!?って思うかもしれませんが、**決して「生活の質を下げる気なんてないね」みたいな、贅沢バカというわけではありません。**

時勢が変わって落ちぶれてしまった人は、権力を持った人間に媚びへつらい、誰に頼れば零落《れいらく》せずに生きていけるか奔走するのが普通でした。ですが、有常はそういうことはせずに、上品でいることが好きだったようです。それだと生活がひっ迫していくのは当然ですよね。

ちなみに、「時勢が変わって」というのは、有常の妹・静子は文徳天皇の更衣で、第一皇子である惟喬《これたか》親王を産みましたが、藤原良房の娘・明子《あきらけいこ》が産んだ第四皇子の惟《これ》仁《ひと》親王（後の清和天皇）が皇太子となったことを指します。

惟喬親王が即位していれば、有常の晩年はもっと栄えていたでしょうが、藤原氏の力が増大していくばかりで、有常は不遇となったのです。ですが、有常は藤原氏に媚びへつらうなど、俗人のような振る舞いはしなかったのです。

この夫婦が連れ添ったのは40年？　14年？

有常の和歌にある「十《とお》といひつつ四《よ》つ」というのは、「10×4」で40年の解釈でとりましたが、「14年」という説もあります。

40年は、当時の寿命も考えるとだいぶ長いのでしょうが、有常は60代前半で亡くなっているので、40年でもおかしくありません。また、14年であれば、有常の妻もまだそんなに年はとっていないでしょうから、尼にならなくても再婚の道も多少は可能性がある気もします。そこまで仲良くなかったのであれば、よりいっそう再婚に抵抗もないでしょうし。

また、有常が手紙を贈った相手は、原文では「友だち」としか書いておらず、業平とは書かれていませんが、一般的には業平（昔男）だと考えられています。そうでないと、「なぜ急に有常の話？」と意味不明ですよね。よって、ここでも「昔男（業平）」として解釈しました。

原文

昔、紀《き》の有常《ありつね》といふ人ありけり。三代《みよ》の帝に仕《つこ》うまつりて、時にあひけれど、後《のち》は世かはり時うつりにければ、世の常の人のごともあらず。人がらは、心うつくしく、あてはかなることを好みて、こと人にも似ず。貧しく経《へ》ても、なほ、昔よかりし時の心ながら、世の常のことも知らず。年ごろあひ馴れたる妻《め》、やうやう床《とこ》離れて、つひに尼になりて、姉のさきだちてなりたる所へ行くを、男、まことにむつましきことこそなかりけれ、いまはと行くを、いとあはれと思ひけれど、貧しければするわざもなかりけり。思ひわびて、ねむごろにあひ語らひける友だちのもとに、「かうかう、いまはとてまかるを、何事もいささかなることもえせで、つかはすこと」と書きて、奥に、

手を折りてあひ見しことを数ふれば十《とお》といひつつ四《よ》つは経《へ》にけり

かの友だちこれを見て、いとあはれと思ひて、夜の物までおくりてよめる。

年だにも十とて四つは経にけるをいくたび君をたのみ来《き》ぬらむ

かくいひやりたりければ、

これやこのあまの羽衣《はごろも》むべしこそ君がみけしとたてまつりけれ

よろこびにたへで、また、

秋やくる露やまがふと思ふまであるは涙の降るにぞありける

現代語訳

昔、紀有常という人がいた。三代の帝にお仕えして、時勢に合っていたが、晩年は世の中も変わり時勢が移り変わったので、世間並みともいえない（ほど落ちぶれた）。人柄は、心が立派で、優雅なことを好み、他の人とは違う。貧しく暮らしていても、依然、昔よかった時の心のままで、世間に疎かった。長年連れ添った妻が、次第に疎遠になっていき、ついに尼になって、姉で先に尼になった人のところへ行くのを、男（＝有常）は、本当に仲良くしたことはなかったが、もうお別れですと出て行くのを、とてもしみじみ思ったが、貧しいので何もしてやれなかった。思いあぐねて、親しくしている友だちのもとに、「こういうわけで、今はもうお別れだと去るのに、何もちょっとしたこともできなくて、送り出すこと」と書いて、奥書に、

指を折って一緒にいた年月を数えてみると、四十年も経ったのだなあ。

この友だちはこれを見て、大変しみじみと思い、夜具まで贈って歌を詠んだ。

年月でさえも四十年は経ったので、（奥方は）どれほどあなたを頼りにしてこられたことでしょう。

このように詠んでやったところ、

これがあの天の羽衣なのですね。なるほど、あなたがお召しになったものですからね。

（有常は）喜びのあまり、また（一首）、

……………

秋が来たか、露がおりたかと見間違えるほど、(うれしさのあまり)私の涙が降ることよ。

ワンポイントレッスン

「えせで」の解釈

「え～打消」は「～できない」と訳します。「で」は打消接続で「～ないで」、間の「せ」はサ行変格活用動詞「す」(=する)の未然形です。よって、「えせで」の解釈は「～することができないで」となります。

十八 いや、オレにも無理な女はいるんだよ

【超現代語訳】

昔、未熟なくせに風流ぶる女がいたんだよ、しかも、オレのけっこう近所に。オレは、その女にはまったく興味がなくてね。その女が、白菊の花で、色があせてきて紅色がさしてきた花を折って、それに歌を添えて、オレのところに贈ってきたのさ。歌は、こんな歌。

紅色に美しく見えるのはどこかしら。まるで白雪が枝に降り積もっているように見えて、どこが紅色だかわからないわ。

うわ～、勘弁してくれ。この歌の意味、わかる？「あなた、女好きなんでしょ？

どこがかしら？　そんなふうには見えないわよ。女好きなら私のとこにも来てごらんなさいよ」って言いたいんだよ。無理無理無理無理。とはいえ、返歌をしないのはマナー違反だからな、深い意味はわかってないふりして返しとこ。

美しい紅色の上を覆う白雪のような白菊というのは、それを折ったあなたの袖の襲《かさね》〈＝重ね着〉の色なのでは、と僕には思われます。

「紅色はどこにあるのか」って言うから、「紅色や白色が重なっているのは、あなたの袖の色じゃないですか？」って、袖の重ね着の色にたとえたクソ真面目な返事をしてやったぜ。でも、これ、本当は「白い色の下にちらっと紅色が見えてるように、実際、下心ありありなのはお前だろ」っていう嫌味を込めてるのさ。

〓〓〓〓〓〓〓〓〓〓〓〓〓〓〓〓〓〓〓〓〓〓〓〓〓〓〓〓〓〓〓〓

★「スルースキル」も高い業平

業平は女性に優しく（だらしなく？）、ストライクゾーンが広い印象がありますが、本当に誰でもいいというわけでもないようですね（そりゃそうか）。田舎に住んでいる女性にはかなり手厳しい対応もしていましたが、それでも一夜を過ごしたりしています。ですが、この白菊の近所の女性は、本当にまったく関心がなかったのでしょうね。からかいじみたアプローチにも、気づかないふりで見事にスルーしています。

原文

昔、なま心ある女ありけり。男近うありけり。女、歌よむ人なりければ、心みむとて、菊の花のうつろへるを折りて、男のもとへやる。

　くれなゐににほふはいづら白雪の枝もとををに降るかとも見ゆ

男、知らずよみによみける。

＝

くれなゐににほふが上の白菊《しらぎく》は折りける人の袖かとも見ゆ

現代語訳

昔、未熟で風流ぶる女がいた。男がその近くに住んでいた。女は、歌を詠む人だったので、（男の風流心を）試そうと思って、菊の花の色が衰えたのを折って、（歌を添えて）男のもとへ贈る。

紅に美しく見えるのはどこでしょうか。白雪が枝もたわわに積もっているように（色気なく）見えます。

男は、知らないふりをして詠んだ。

美しい紅色の上に覆う白雪のような白菊というのは、折った人〈＝あなた〉の袖の色ではないかと僕には思われますよ。

ワンポイントレッスン

「にほふ」とは

発音は「におう」です。「におう」は現代では嗅覚ですが、古文で大事なのは視覚。「にほふ」は「美しく照り映える」という意味です。「香る」の意味もないわけではありませんが、視覚のほうが重要だと覚えておきましょう。

十九 別れた後、気まずいのはわかる。けど、オレは悪くない！

超現代語訳

昔、オレ、宮中で仕えている女人のとこで働いている女房（＝女性の召使い）とつき合ってたんだけど、オレから切り出して別れたんだ。とはいえ、宮中だから目にする機会はあるよね。もうオレはまったく眼中になかったけど、その女はどうやら、そうじゃなかったみたいなんだ。こんな手紙が来たよ。

あなたは無関係になっていくのね。そうはいってもやはり、私の目にはあなたの姿が入ってしまうのに。

オレはこう返事しておいたのさ。

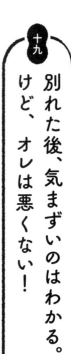

オレが無関係のように装っているのは、山の風が速いと雲が遠ざかるように、君がオレを寄せつけなくなったからだろ。

こんなふうに詠んだのは、なんか、アイツ、他にも男がいるって噂だから……。

≡≡

★この女房はいったい誰？

この女房と業平の二つの和歌は『古今和歌集』にも前後で掲載されており、女房の歌の詞書《ことばがき》〔＝歌の前に置いて、その歌が詠まれた事情や歌の題などが書かれたもの〕に、「在原業平が紀有常《きのありつね》の娘と暮らしていたが、気に入らないことがあって、しばらくの間、昼に来て夕方には帰るということばかりをしたので、（有常の娘が）詠んで贈った」と書かれています。これを踏まえると、**この女房は、十六段で出てきた紀有常の娘**だということですね。

当時、男性が女性の家を訪れたら、夜一緒に共寝をして過ごし、朝明るくなりきる前に男性が帰るというのが通常パターンです。ですから、昼に来るのはよいとしても、**夜になる前に帰ってしまうというのは、女性にとっては屈辱的な仕打ち**だったことでしょう。

現代と全然違いますね。現代であれば、夜だけ呼び出されて、事が済んだらさっさと帰らされるなんて、都合のいい女まっしぐらな状態。そういうこと抜きの昼間のデートをしてもらえないことのほうが、悲しいと感じる人のほうが多いのではないでしょうか。相手を思う気持ちに当時も現代も差はないと思いますが、こういう価値観は違っていてなんだかおもしろいですね。「時代変われば」という感じでしょうか。

同じ学校や塾、会社など、つき合っている時は近くに存在を感じられてうれしいシチュエーションも、別れたら地獄——。この女性は、別れても目に入ってきてしまう苦しさと、それに無関心な相手の様子にまた苦しむ、そんな気持ちを和歌に詠んでいます。

ですが、業平の和歌と、その後ろを読むと事情は一変！「え？　そっち!?」となりますね。噂なので、真実は不明ですが……。

原文

昔、男、宮仕《みやづか》へしける女の方《かた》に、御達《ごたち》なりける人をあひ知りたりける、ほどもなく離《か》れにけり。同じ所なれば、女の目には見ゆるものから、男は、あるものかとも思ひたらず。女、

天雲《あまぐも》のよそにも人のなりゆくかさすがに目には見ゆるものから

とよめりければ、男、返し、

天雲のよそにのみしてふることはわがゐる山の風はやみなり

とよめりけるは、また男ある人となむいひける。

現代語訳

昔、男が、宮仕えしていた女のところで、仕えていた女房と情を交わしていたが、まもなく別れてしまった。（仕えているのが）同じところなので、女の目には（男の姿が）見

えるのに、男は、（女がそこに）いるとも思っていない。そこで女が、

無関係になっていくのですね。そうはいってもやはり、私の目には（あなたが）見えるのに。

と詠んだので、男が、歌を返して、

離れていくのは、山の風が速いので雲が近づけないように、あなたが私を寄せつけないからです。

と詠んだのは、他に男がいる女だからだ、と人が言っていた。

ワンポイントレッスン

「風はやみ」の解釈

「A（を）Bみ」は「AがBなので」と訳します。Bには形容詞の語幹が入るので、「い」を足して訳すとよいです。「風が速いので」ですね。

二三①　幼なじみ同士の恋バナだよ♡

超現代語訳

昔、田舎暮らしをしている人の子供たちがいてさ、今回は、その子たちの話をするよ。オレの話ではないからね。

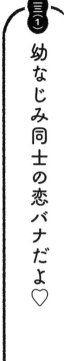

その子供は男の子と女の子で、井戸のところで仲良く遊んだりしていたんだけど、月日が流れて大人になってくると、お互いになんだか恥ずかしくなってくるよね、そう思春期。この二人も思春期にはお互い恥ずかしくなってきて、遊ばなくなって会わなくなったみたいだよ。でも、お互いに「結婚するならこの人」とも思っていたんだって。

女の子の親は、「娘の結婚相手に」って他の男性を探したりしたみたいだけど、女の子は断固拒否。さて、そんなこんなで男の子、いや、もういい青年になった頃、男性のほうからアプローチ。

幼い時に井戸の筒で身長を比べて測って遊んでたよね。君に会わない間に僕はだいぶ大きくなったんだよ。大きくなった僕を見てほしいな。

女性からの返事はもちろんOK。

身長だけではなく、髪の長さも比べっこしてたの、覚えてる？　その髪の毛も肩より伸びて、いよいよ成人になった証《あかし》、髪を結い上げる日も近づいてきたわ。もちろんあなたのために結い上げるつもりよ。だから、私をあなたの妻にしてね。

こうして二人は結婚したんだ。幼なじみの二人が、昔からの両思いで結婚できたんだから、生涯幸せでいられそうだろ？　そうはいかないのが男女の仲ってもんさ。

この二人に何が起こったのかは次回のお楽しみってことで、とりあえず今回はここまでにしておくよ。

☰☰

★「筒井筒《つついづつ》」――とっても有名な段なのに「謎」多き歌

二三段は「筒井筒《つついづつ》」というタイトルでおなじみの、古文の教科書にもよく載っている有名な段です。ですが、この段の前半（本項）で紹介している二つの和歌の解釈がけっこう難しいのです（特に男性の和歌）。

それでは、まず、男性の和歌から見ていきましょう。

「筒井《つつい》つの　井筒《いづつ》にかけし　まろがたけ　過ぎにけらしな　妹《いも》見ざるまに」

「筒井つ」の「筒井」は「円《まる》い筒の形に掘った井戸」のことです。「つ」は、語の調子を整えるために置いている、意味のない語であろうと考えられています。

「筒井つの」が「筒井筒」となっている本もあり、その場合は「筒井の筒」の意味です。「筒井筒井筒にかけし～」と同じ語を重ねて、二句目の「井筒」を引き起こす働きをしていると考えられています。

「井筒」とは「井戸の円い囲い」です。井戸の地上の部分を木や石などで囲んだもので、本来は円い囲いを指していましたが、後には四角く囲んでいるものも「井筒」といいました。

「井筒にかけし」の解釈もスッキリとしません。一般的には「井筒と背を比べた」という解釈がされており、本書もそれに従っています。ですが、**はたして井筒の高さはどれくらいなのか**、という疑問が取り沙汰されるのです。

井戸の周りの囲いですから、そんなに高いとは思えないですよね。（ネット検索ですが）調べてみても一メートル以下が多く（六十～九十センチくらい）、一番高いのでも一一〇センチ以下でした。現在の日本人の平均身長は、4歳で男女ともに一メートル超えているようです（1歳弱で七十センチ超え、1歳半で八十センチ超え）。ですから、立って背を比べていたとしたなら、いったい何歳で背比べをしていたんだという話ですよね。思春期までは遊んでいた（背比べもしていた？）ようですから疑問がつきまといます。

さらに謎なのが、「過ぎにけらしな」です。「けらし」は、過去の助動詞「けり」の連体形「ける」に、推定の助動詞「らし」がくっついた「けるらし」が省略されたものので、「超えたらしいなあ」という推定の訳になるのです。なぜ推測？　ですよね。

超えたかどうかは自分でわかるはずです。しかも「大人になりにければ」とありますからね。いい大人が、自分の身長が井筒を超えたかどうかなんて、推測じゃなくわかるだろ、と。考えれば考えるほど意味がわからなくなる歌なのです。

「くらべこし　ふりわけ髪《がみ》も　肩すぎぬ　君《きみ》ならずして　誰《たれ》かあぐべき」

次に女性の和歌も見ておきます。「ふりわけ髪」というのは、子供の髪型で、左右に分けて、肩のところで切りそろえた髪型です。結句（＝五句目）の「あぐ」は女性が垂らしていた髪の毛を結い上げることで、それが成人することを表しました。よって、「あなたと長さを比べていた振り分け髪も肩を超えました。あなたのためではなく誰のために髪上げをしましょうか。あなたのためだけに結い上げます」というのが一般的な解釈で、本書もその解釈です。

ただし、「くらべこし」の「くらぶ」には、比較するという意味以外にも、「心を通わす・親しくつき合う」という意味があるのです。男の子と女の子が髪の長さを比べ合うことに疑問を持ち、こちらの意味ではないか、という解釈もあります。「あの頃あなたと親しくつき合っていた私ですが、そんな私の振り分け髪も今は肩を超えましたよ」ということですね。

このように、いろいろな解釈がされていて、かなり難しい段だと思っています。

ちなみに、**この段がもとになっている「井筒」という能の曲**があります。

帰らない夫を待ち続ける女の霊が描かれているのですが、この能では、『伊勢物語』のモデルが在原業平であることを踏まえて、この夫婦を在原業平と紀有常《きのありつね》の娘としています。この二人が幼なじみで、「筒井筒井筒にかけし～」の和歌は業平が歌ったもの、「くらべこし～」の和歌は紀有常の娘が歌ったものだとされているのです（本書では、業平より身分が低い者の話と考え、業平とは別人説をとりました）。

また、能の「井筒」では二三段からだけではなく、他の段の和歌もたくさん使われています。作者は室町時代の人気能役者・能作者である世阿弥《ぜあみ》で、この作品のことを「上花也」（＝最上のものである）と自賛しています。

原文

昔、ゐなかわたらひしける人の子ども、井《い》のもとにいでて遊びけるを、大人になりにければ、男も女もはぢかはしてありけれど、男はこの女をこそ得《え》めと思ふ、女はこの男をと思ひつつ、親のあはすれども聞かでなむありける。さて、このとなりの男のもとより、かくなむ、

筒井《つつい》つの井筒《いづつ》にかけしまろがたけ過ぎにけらしな妹《いも》見ざるまに

女、返し、

くらべこしふりわけ髪《がみ》も肩すぎぬ君《きみ》ならずして誰《たれ》かあぐべき

などいひいひて、つひに本意《ほい》のごとくあひにけり。

現代語訳

昔、田舎で生活をしていた人の子供たちが、井戸のそばに出て遊んでいたが、大人になったので、男も女も互いに恥ずかしがったが、男はこの女を妻にしたいと思い、女はこの男と結婚したいと思い続けて、親が（他の男と）結婚させようとするが聞き入れずにいた。

そうして、この隣に住む男のところから、このように詠んできた。

井筒（＝井戸の囲い）と背丈を比べて測った私の背丈は井筒を超したようだなあ。あなたに会わないうちに。

女が、返歌をして、

（あなたと長さを）比べ合った私の振り分け髪も肩を過ぎた。あなたではなく誰のために髪を結い上げようか。

などと言い交わして、とうとう元からの願望のように結婚した。

ワンポイントレッスン

「本意」の読み方

「ほい」と読みます。「本来の目的・意志」の意味。大学入試では、読みや「ほい」を漢字で書かせる問題が出題されやすいですよ。

三② 幼なじみの妻vs新妻。妻には経済力が必要なんだけど……

超現代語訳

幼なじみの二人が結ばれて、数年は幸せな結婚生活を送っていたみたいなんだ。でも、数年後に女の親が亡くなってしまってから、なんだか雲行きが怪しくなってきたらしくて……。親が亡くなったことにより、妻側は経済的に厳しくなってきて、そうすると、夫となった男は、妻と一緒に落ちぶれていくのは嫌だと思い、他に新しい女を作ったんだよね。河内の国（現・大阪府）の高安《たかやす》っていうところの裕福な女らしい。

だけど、幼なじみの妻は恨んでいる様子が全然なくてさ。たしかに、妻が何人いても、愛人がいてもおかしくないんだけど、それでも他の女のところに行くとなれば、機嫌が悪くなったり、悲しそうにしたりするのが普通だから、なんでこんなに平然としているんだろうって男は不思議に思ったみたいで、行き着いた考えが「きっと、こいつも他に男がいるからだ」って。

そこで、この男は、新しい妻のところに行くふりをして、庭の植え込みのところに隠れて、妻が間男を連れ込むか見張ってたんだ。そしたら、案の定……ではなかったんだな。夫がいなくなっても、キレイに化粧をして、だけど、すごく悲しそうに、こんなふうにつぶやいていたらしい。

風が吹くと沖に白波が立つという、その「たつ」と同じ響きの竜田山、盗賊も現れるらしいのに、こんな夜半にあの人は今頃、新しい妻に会うために、一人で越えているのだろう。

それを隠れて聞いていた男は、この上なくいじらしく愛しく思い、新しい妻のところには行かなくなったんだ。

その後、たまたま高安の妻のところに行ってみると、こっちの女は最初こそ化粧したりいろいろ気遣っていたが、慣れてくるとどんどんがさつになっていって、気がゆるみすぎだったらしい。たとえば、自分でしゃもじをとって、ご飯を盛っていたそうだぜ。

召使いがするようなそんな下品なことしている姿を見たら、たしかに興ざめだよな。え？　今は普通なの？　オレたちには考えられないんだけどな。まあ、そういうのが嫌で、男は、もうこの女のところには行かなくなったんだとか。そうなると、黙ってないのは高安の妻だよね。

あなたの住む大和《やまと》の国（現・奈良県）のあたりを見て過ごしています。大和の方角にある生駒山《いこまやま》を見て、夫のことを想っているの。だから、雲よ、どうか生駒山を隠さないで。雨は降ってもいいの、生駒山が見えるなら。

男は、さすがに気の毒に思って、「行くよ」と言ったみたいなんだけど、口先ばっかりで、全然来なかったから、また高安の妻が歌を詠んだんだ。

あなたが来ようと言った夜も、毎回来ずじまいですよね。もう、あなたの「行くよ」という言葉はあてにはしてないわ。だけど、それでもあなたのことをお慕いして過ごしています。

だけど、残念！　男の心はもう戻らなかったんだ。幼なじみの妻の勝ち！

★平安版「本命になる女性の条件」

最後の一文は私の創作です。恋する気持ちや愛する気持ちは誰かと競うものではないので、適切な一文ではないのですが、ただ、業平なら、そんなふうに優劣つけそうだな～と、なんとなくの偏見で入れてみました。

妻の親が亡くなったからと、他に新しい妻を作ったこの男性を、おそらく現代の女性なら誰もが「ひどい」と思うでしょう。しかし、これは当時であれば仕方がないというか、そうするのが一般的でした。**妻側の経済力は、とっても大事だった**のです。

男性は妻側の実家から経済的援助をしてもらうのが一般的でした。ですから、一夫多妻でも、一番好きな人を正妻にするのではなく、一番お金持ちの家の娘を正妻にしました。

これは（当時の）天皇でも同じです。一番の権力者のお嬢様が、寵愛を得られるのです。たとえば、『源氏物語』の主人公である光源氏の母親・桐壺《きりつぼ》の更衣《こうい》は他の女御たちから嫉妬され、陰険ないじめにあいました。それは後ろ盾がないにもかかわらず、天皇から寵愛されたからです。もし、桐壺の更衣が権力者のお嬢様であったなら、そうはならなかったはずです。

ちょっと話が脱線してしまいましたが、ですから、この男性を責める要素は別にないのです。ただし、この幼なじみの妻が、とってもいじらしかったんですよね。さらに、新しい女が慣れてくるとだらしなくなってきたことも合わさって、最終的に、この男性はお金ではなく、愛情のほうを重視したのです。

「慣れ」って怖いですよね。どこまで見せていいのかも、現代でも最初は手探り状態かもしれませんね。「全部さらけ出せるからこそ夫婦なんだ」という人もいれば、「夫婦でも最低限のマナーは守ってほしい」という人もいるでしょう。そこは個人的な価値観の違いがあると思いますので、いやはや難しいですね。

この話の幼なじみの妻は、夫が不在にもかかわらず、きちんとお化粧をして、愛人のもとに向かった夫の道中の心配もしています。

ただ、これ、夫が隠れていることをわかっていながらやっていたら、この幼なじみの妻はめちゃくちゃ策士ですよね。それにコロッと騙される夫――。真実がこうだったなら、最後の一文はあってもいいと思います。完全に「幼なじみの妻の勝ち！」。

原文

さて年ごろふるほどに、女、親なく、頼りなくなるままに、もろともにいふかひなくてあらむやはとて、河内の国、高安の郡《こおり》に、いき通ふ所いできにけり。さりけれど、このもとの女、あしと思へるけしきもなくて、いだしやりければ、男、こと心《ごころ》ありてかかるにやあらむと思ひうたがひて、前栽《せんざい》の中に隠れゐて、河内へいぬるかほにて見れば、この女、いとよう化粧《けそう》じて、うちながめて、

風吹けば沖つしら浪《なみ》たつた山夜半《よわ》にや君がひとりこゆらむ

とよみけるを聞きて、かぎりなくかなしと思ひて、河内へもいかずなりにけり。

まれまれかの高安に来て見れば、はじめこそ心にくもつくりけれ、今はうちとけて、手づから飯匙《いいがい》とりて、笥子《けこ》のうつはものにもりけるを見て、心憂《こころう》がりて、いかずなりにけり。

さりければ、かの女、大和の方《かた》を見やりて、

君があたり見つつを居《お》らむ生駒山雲なかくしそ雨はふるとも

といひて見いだすに、からうじて大和人《やまとびと》、「来む」といへり。よろこびて待つに、たびたび過ぎぬれば、

君《きみ》来むといひし夜《よ》ごとに過ぎぬれば頼まぬものの恋ひつつぞ経《ふ》る

といひけれど、男、すまずなりにけり。

現代語訳

そうして数年が経つうちに、女は、親が亡くなり、暮らしのより所がなくなるにつれて、（男は）一緒に貧しくいられようか、いや、いられないと思って、河内の国の、高安の郡に、通って行くところ（＝新しい妻）ができた。そうではあるが、この元の女は、不快に思う様子もなく、（男を新しい妻のところへ）送り出してやったので、男は、浮気心があってこのようなのであろうかと疑わしく思って、庭の植え込みの中に隠れて座って、河内

へと行ったふりをして見ると、この女は、たいそう美しく化粧をして、物思いにふけって、
風が吹くと沖の白波が立つ、その「たつ」と同じ響きの名を持つ竜田山を、夜中にあの人は一人で越えているだろうか。
と詠んだのを聞いて、この上なく愛しいと思って、河内へも行かなくなった。
たまたま例の高安に来てみると、（女は）初めは奥ゆかしく装っていたが、今は気を許して、自分でしゃもじをとって、ご飯を器に盛ったのを見て、（男は）嫌になって、行かなくなった。そういったことで、その女は、（男が住む）大和の方を見て、
あなたがいらっしゃるあたりを見続けていましょう。生駒山を、雲よ、隠さないでおくれ。たとえ雨は降ろうとも。
と言って眺めていると、やっとのことで大和の人（＝男）が、「来よう」と言った。（高安の女は）喜んで待つが、そのたびに（男は来ずに時間が）過ぎたので、
あなたが来ようと言った夜ごとに（むなしく時間が）過ぎたので、あてにはしていな

いが、慕いながら過ごしている。
と言ったが、男は、通わなくなった。

……………

ワンポイントレッスン

「前栽」の読み方

「せんざい」と読みます。「庭の植え込み」のことです。男が幼なじみの妻の様子を見ようと隠れたところですね。

二四　えっ!?　再婚するの?

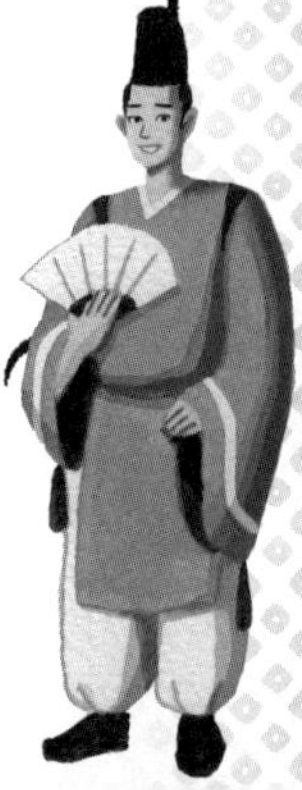

超現代語訳

昔、オレがド田舎に住んでいた頃、一応、妻のような女もいたんだけど、宮中へ仕事に行かなきゃいけなくて、別れを惜しみながら家を出たんだ。

で、もちろん四六時中仕事をしているわけじゃないから、帰んなきゃな〜って思いながらも、気がついたら家を出た日から三年が経とうとしてたのさ。あいつも、オレの帰りを待ってくれていたみたいなんだけど、なんせ三年間だもんな、その間に、あいつに言い寄ってきた他の男がいたみたいなんだ。そいつ、オレとは違ってすごくマメにあいつにアプローチしたみたい。だから、「オレが出て行って今日で三年目」っていう日に、どうやらあいつは、その男を受け入れる決心をしたんだよな。

そんなの知らないオレは、「そういや今日で三年だな。一度戻るか」と帰ったわけ。
そしたら、あいつ、オレが帰ったのに、戸を開けてくれないんだよね。
「おいおい、開けてくれよ。ほっといて悪かったよ」って言っても、開けてくれなくて、戸越しに歌を渡されたんだ。

三年間もほったらかしといて、どういうつもり!? もう待ちくたびれちゃったの。冗談じゃないわ。今夜、他の男《ヒト》と逢う約束してるの！ 邪魔、しないでくれる？

マジかよっ！ まあ、でも、そりゃそうなっても仕方ないよな。オレが悪いか。

君と一緒に過ごした年月、オレ、幸せだったよ。オレが君を愛したように、君もその新しい男を大事にしてくれよな。じゃ。

そういうことなら、オレはもうここには用はないので、都にでも戻ろうとしたら、また紙を渡してきてさ。

あなたが、私を愛していようがいまいが、私は、ずっと前から、あなたのことが好きだった――。

いや、そう言われても、もう他の男と約束してるみたいだし、とられたくないほどの女なら正直こんなに放っておかないし……。さ、とりあえず都に帰ろう。
あいつ、その後、オレのこと、必死に追いかけてきたらしいんだよね。そんなの知らなかったし、オレはさっさと帰ってて、だから、あいつが追いつけるわけなかったんだ。途中で倒れて、手をついた時に、怪我したみたいで血も出たみたい。そして、あいつは、そこにあった岩に、その指の血で書いたんだ。

私の愛する気持ちが、あの人にちゃんと届かなかった。あの人は私のもとから去ってしまった。好きだったこともちゃんと伝えたけど、その言葉もあの人の心には届かず、引きとめることができなかった。あの人を失った今、もう私は、生きていけそうにない——。

そう書いて、本当にあいつはその場で、事切れてしまったんだ。今となってはもう、あいつの冥福を祈ることしかオレにはできない……。

★なぜ、まさに「その日」に帰って来るのか！

少し後味が悪い結末ですね。さて、気を取り直して内容の補足をしていきます。

この女性は、夫が帰ってこない間に、熱心に言い寄ってきてくれた他の男性と再婚をするつもりだったのです。その再婚の日として選んだのは、夫が来なくなってから三年目でした。

当時は一夫多妻でしたが、女性は複数の男性と結婚したり、愛人を作ったりすることは許されていませんでした。30頁でお伝えしたように、三夜連続で男性が通って来てくれたならば、その男性と結婚成立です。その後の結婚生活は、基本的に「通い婚」といって、男性が女性の家に訪れるのでしたね。とりあえず、結婚が決まれば、女性はその男性以外と関係を持つことは禁じられています。そして、自分から夫に会いに行くこともできません。ただただただひたすら待つのです。

ただし、本当にずっと来ないのに、その男性に生涯をささげるのは、気の毒ですよね。よって、男性の訪れが三年間なければ、「離婚成立」とされていました。**三年通って来なければ、新しい男性と恋仲になることができた**のです。

この女性に熱心にアプローチしていた男性がいましたが、女性はきっと「夫がいるから」と断っていたんでしょうね。でも、どうも、この夫というのが通っている感じがまったくしない、と。そう、通っていませんでしたから。ですから、この男性は諦めずにずっとアプローチし続けたのでしょう。女性は、そんな男性に少しずつ心を許していったのかもしれませんね。そして、もう夫が来る様子もなく、離婚が成立する三年目の夜に、この男性と深い仲になることを約束したのです。そしたら、なんと、その日に夫が帰って来たという……。

この夫（業平？）、本当に迷惑！　もうね、通う気がないならそのままフェイドアウトしてあげてほしいですね。この日に来て、もし迎え入れたら、それでまた、三年間は離婚ができなくなるのです。その後、心を入れ替えて通ってくるなら別にいいですが、通う気もないけど、離婚するには惜しいみたいな、そんな気持ちで、三年に一回だけ通われるなんて、女性からしたらたまったものではありません。

もしも私なら「その気がないなら、私を自由にしてくれ！」と、そう叫びたいですね。この女性も、こんな薄情な男性より、熱心に言い寄ってきてくれた人と再婚すれば、もっと幸せになっていたのかもしれないのに。それでもこんな夫のことが好きだったんでしょう。恋愛って、本当に難しい……。うまくいかないものですね。結局、この女性は命を落としてしまいました。なんだか切ない段ですね。

ちなみに、この「男」、業平として訳しましたが、別の男性の可能性ももちろんあります。女性に優しい業平であればこんな残酷なことはしないかな、とも思いますので、別人にしてもよかったのですが、ここでは業平としました。別人だったなら、業平さん、ごめんなさいね。

原文

昔、男、かたゐなかにすみけり。男、宮仕《みやづか》へしにとて、別れ惜しみてゆきにけるままに、三年《みとせ》来ざりければ、待ちわびたりけるに、いとねむごろにいひける人に、「今宵《こよい》あはむ」と契りたりけるに、この男来たりけり。「この戸あけ給へ」とたたきけれど、あけで、歌をなむよみていだしたりける。

あらたまのとしの三年を待ちわびてただ今宵こそ新枕《にいまくら》すれ

といひいだしたりければ、

あづさ弓《ゆみ》ま弓つき弓年《とし》を経《へ》てわがせしがごとうるはしみせよ

といひて、いなむとしければ、女、

あづさ弓引けど引かねどむかしより心は君《きみ》によりにしものを

といひけれど、男かへりにけり。女いとかなしくて、しりにたちておひゆけど、えおひつかで、清水《しみず》のある所にふしにけり。そこなりける岩に、およびの血して書きつけける。

あひ思はで離《か》れぬる人をとどめかねわが身は今ぞ消えはてぬめる

と書きて、そこにいたづらになりにけり。

現代語訳

昔、男が、辺鄙な田舎に住んでいた。男は、宮仕えをしに行くと言って、（女と）別れを惜しんで行ったまま、三年帰って来なかったので、（女は）待ちくたびれたので、たいそう一途に言い寄ってきた人に、「今夜逢おう」と約束したが、この（昔の）男が帰って来た。（男が）「この戸を開けなさいませ」と叩いたが、（女は）開けないで、歌を詠んで差し出した。

三年間待ちくたびれて、ちょうど今夜、新枕《にいまくら》をするの。

と差し出したので、

年月を重ねて私があなたを愛したように、（新しい夫を）親しみ愛せよ。

と言って、去ろうとしたので、女は、

（あなたが私の心を）引こうが引くまいが、昔から私の心はあなたに寄せていたのになあ。

と言ったが、男は帰った。女はとても悲しくて、後を追って行ったが、追いつけないで、清水があるところで倒れ伏した。そこにあった岩に、指の血で書きつけた。

私の思いが通わないで離れた人を引きとめられず、私の身は今、死んでしまうようだ。

と書いて、そこで死んでしまった。

ワンポイントレッスン

「新枕」とは

男女が初めて関係を結ぶことです。女性の和歌の下の句「ただ今宵こそ新枕すれ」は、「ちょうど今夜、そういう関係になるの」です。すごく生々しい宣言ではありますよね。

二六 オレの袖は〝港〟なのさ

超現代語訳

昔、オレが、五条あたりに住んでた女《コ》を、結局手に入れられなかった話、したよね。このことは、ずっと忘れられなくてさ、今でも悲しいんだよね。ある人への返事にこんな歌を詠んだよ。

思いがけず突然姿を消してしまった悲しみに、僕の袖は中国からの船が寄港したかのようさ。バッシャーンって大波が立つだろ？　それに負けないくらい、僕の袖は涙で大変なことになっているのさ。

★「袖が濡れる」よりもっとビシャビシャ

泣いていることの表現方法として、**「袖が濡れる」**は有名です。**「袖を絞る」「袖のかわく暇がない」「枕を濡らす」「枕浮く」**などもそうです。業平は、それだけでは表現しきれなかったのでしょう。袖が港だと歌に詠みました。そして、中国からの船、つまり、かなり大きな船が寄港し、波が荒れて立っているような騒ぎくらい濡れている、と。傷心で東国に行って、他の女性と関係を持ったり、都でもいろんな女性とやりとりしていても、業平の心の中のどこかに高子《たかいこ》がずっといるのですね。

原文

昔、男、五条わたりなりける女を、え得《え》ずなりにけることとわびたりける、人の返りごとに、

思ほえず袖《そで》にみなとのさわぐかなもろこし船のよりしばかりに

現代語訳

昔、五条あたりに住んでいた女（＝二条の后・高子）を、得ることができなくなってしまったことを嘆いた男が、ある人への返事として（詠んだ歌）、

思いがけず袖に港が波立っているなあ。中国からの船が港に寄るくらいに。思いがけずあの人と縁が切れて、悲しみの涙があふれているなあ。

ワンポイントレッスン

「もろこし」とは

漢字で「唐」もしくは「唐土」で、「中国」のことです。唐の時代を指すわけではないので気をつけましょう。

二七 元カノの独り言……なんか、ごめんね

【超現代語訳】

昔、オレ、ワンナイトラブをした女がいてさ、その後、その女のとこには行かなくなったんだよね。ちょっと気が向いてさ、久しぶりに立ち寄ってみたら、女が手を洗うところでブツブツ言ってる声が聞こえてきたから、立ち聞きしちゃったんだよね。歌を詠んでたみたい。

私ほど悲しい気持ちの人なんてこの世にはいないわ。そう思ってたけど、いたのね、このたらいの水の下に――。

たらいの中の自分の顔見て、詠んでたのさ。うわ～、やっべぇ、「よ！　久しぶり♪」

なんてノリで話しかけちゃいけない感じだな、これ。ひとまず、こう詠みかけたのさ。

君が見ている水の下の人物は、僕なのかい？　蛙も田んぼの水を注ぐところに集まって一斉に鳴きだすように、僕も君と一緒に泣いていたんだよ。

☰☰☰☰☰☰☰☰☰☰☰☰☰☰☰☰☰☰☰☰

★「私と同じくらい……な人がいる」

この女性はとても嘆いていて、水面に映る自分を見て**「私と同じくらい悲しんでいる人がいる」**と詠んでいます。

現代でも電車の窓ガラスや鏡など、自分の顔をふと見る機会ってありますよね。油断をしていると、「え!?　私、めっちゃ疲れた顔してる」と思い知らされることも。そんな時は、「いかん、いかん！」とちょっと口角を上げてみるように意識したりしています。

この女性にも、嘆く歌を詠むよりも、水面に映る自分に頑張って笑いかけてほしかったな。そうしたら、ちょっとでも立ち直れるかもしれない。嘆いてばかりではどんどん落ち込んでいくだけなので、無理にでも笑って立ち上がる。私なら、そうしたいですね。そんなふうにはとても思えない悲しいことが人生にはあることはわかりますから、すぐにはできない時だってあるでしょう。ただ、この話の女性は、こんな男のために悩むより笑顔を取り戻したほうがよっぽどいいと私は思います。

原文

昔、男、女のもとに一夜《ひとよ》いきて、またもいかずなりにければ、女の、手洗ふ所に、貫簀《ぬきす》をうちやりて、たらひのかげに見えけるを、みづから、

われればかりもの思ふ人はまたもあらじと思へば水の下にもありけり

とよむを、来ざりける男、たち聞きて、

みなくちにわれや見ゆらむかはづさへ水の下にてもろ声に鳴く

現代語訳

昔、男が、女のもとに一晩行って、二度と行かなくなったので、女が、手を洗うところで、貫簀《ぬきす》（＝竹で編んだ簀で、たらいの上にかけて、注いだ水が手元にはね返ってこないようにしたもの）を払いのけていて、たらいの水に自分の顔が映って見えたのを、自分で、

私ほど物思いをする人は他にはいないだろうと思うと、水の下にもいたのだなあ。

と詠んだのを、来なかった男が、物陰に立って聞いて（詠んだ歌）、

水口《みなくち》（＝田に水を注ぎ入れるところ。ここでは、たらいに水を注ぎ入れるところ）に私の姿を見たのだろうか。田に水を注ぎ入れるところに集まる蛙までもが、一緒に声を合わせて鳴いている。私もあなたと一緒に泣いているよ。

二九 高子ちゃん主催のお花見で……

【超現代語訳】

昔、皇太子を産んだ女御、そう高子《たかいこ》様のことさ、その高子様の御殿で桜のお花見の行事があって、オレも参加者に加えられたんだよ。もちろん、歌を詠まなきゃいけなくてね。抑えきれなくて、こんな歌を詠んだけど、まずかったかな……。

桜の花を見てもまだまだ満足できず、「もっと見ていたい」と思うのは、別に今年に限ったことではなく例年通りなのです。ですが、なぜか今日の今宵の名残惜しさは、これまでとは似ても似つかず、とりわけ切なく「もっともっと見ていたい」と思ってしまいます。

手が届かない高子への未練

高子が皇太子（後の陽成《ようぜい》天皇）を既に産んでいる頃のようですから、突然姿をくらましたあの頃（40頁）からはだいぶ月日が経っていますね。

あれだけ好きだった高子ちゃんを再び目にすることができても、いや、目にしたかどうかはこの本文からはわからないですね。高子の御殿での行事ではありますが、その場に高子がいたかどうかは書いていませんので。

ただ、その場にいたにしろ、いないにしろ、もう触れることなど二度とできない遠い遠い存在になってしまったことを、再認識してしまいそうなシチュエーションです。

業平が桜の賀に来ていることを高子が知っていたならば、どんな気持ちだったのでしょう。高子にとっては、業平とのことはとっくに過去のことのような気がしなくもありません。**一方、業平の和歌は未練タラタラですね。**

一般的に女性は断ち切るのが早く、男性のほうが未練がましくなってしまうとよく言われています（もちろん逆の場合もあるとは思います）。業平の高子への想いは、消化不良のままだったでしょうから、余計未練がましくなるのかもしれませんね。

原文

昔、春宮《とうぐう》の女御《にょうご》の御方の花《はな》の賀《が》にめしあづけられたりけるに、

花にあかぬ嘆きはいつもせしかども今日の今宵《こよい》に似る時はなし

現代語訳

昔、皇太子を産んだ母の女御（＝二条の后・高子）のもとで花の賀のお召し加えにあずかった時に、（男が詠んだ歌）

花を見ることに満足しない嘆きはいつもするが、今日の今宵に似る時はないほど、とりわけ悲しい。

ワンポイントレッスン

「春宮」とは

「春宮」は「とうぐう」と読み、「皇太子」のことです。「はるのみや」とも読みます。

「東宮《とうぐう》」も同じく「皇太子」のことです。皇太子の宮殿が皇居の東にあることから「東宮」には「皇太子のいる御殿・東宮御所」の意味があり、そのまま「東宮」が「皇太子」の意味にもなりました。

そして、中国の五行説では方角を季節で表し、北が冬、南が夏、東が春、西が秋です。ここから「東宮」＝「春宮」となりました。「春宮」は、大学入試で「読み（とうぐう）」も「意味」もよく問われます。

三七 オマエ、絶対、パンツ脱ぐなよ！

【超現代語訳】

昔、オレさ、超男好きな女と深い仲になったんだ。そうなると、オレが言うのもなんだけど、絶対浮気しそうじゃん。「お前が言うな」って思うのはわかってるよ。でも、自分がそうだからこそわかるというか、ね。だから、一応、釘はさしといたんだ。

オレ以外の男に色目使うんじゃないぞ。下紐《したひも》を解くなんてもってのほかだぞ。朝に花開いたと思えば、夕方を待たずにしぼんでしまう朝顔みたいに、君は心移りが激しいとしても。わかった？

返事は来たよ。ま、でもオレに似てるから、信用するかどうかは別の話。

あなたと一緒に結び合いっこした下紐を一人で解くなんてすると思う？　この紐を解くのは、あなたがまた次に来た時に決まってるでしょ、フフ。待ってるわ♡

お互いの「下紐」を結びっこ♡

「下紐」というのは、下裳《したも》や下袴《したばかま》などの紐のこと。わかりやすくいうならば、下着（パンツ）の紐みたいなイメージです。「紐パンの紐を解くなよ」みたいな感じ。もっとゲスにいうならば「パンツ脱ぐなよ」です。つまり、「下紐解く」というのは、男女が一線を越えることです。

当時は、愛し合った翌朝別れる時に、お互いの下紐の結び合いっこをしたらしいです。**「次逢うまでお互いこの下紐は解かないようにしようね。絶対だよ♡」**みたいなことを言い合って結んでたのでしょうかね。

原文

昔、男、色好みなりける女にあへりけり。うしろめたくや思ひけむ、

われならで下紐《したひも》解くなあさがほの夕影《ゆうかげ》またぬ花にはありとも

返し、

ふたりして結びし紐をひとりしてあひ見るまでは解かじとぞ思ふ

現代語訳

昔、男が、色好みな女と関係を持った。気がかりに思ったのだろうか、

私ではない男に下紐を解くなよ。朝顔が夕日の光を待たないで花がしぼんでしまうように、たとえあなたの心が移ろいやすいとしても。

女からの返歌、

二人で結んだ紐を、一人であなたに逢うまでは解くまいと思う。

ワンポイントレッスン

「あふ」とは

「あふ」【逢ふ】は、男女が深い関係になること。当時、貴族の女性は男性に顔を見られないように、簾《すだれ》や几帳《きちよう》（＝移動式カーテンみたいなもの）の奥にいて、さらに、サッと顔を隠せるように扇も必需品。ものすごく気をつけていたのです。ですから、女性に「あう」＝「顔を見る」ということは、つまり「深い仲になる・一線を越える」ということなのです。

四十 昔の男は一途だったのさ

超現代語訳

昔、とある若い男がいたんだ（これはオレじゃないよ）。ちょっとしたいいとこのボンボンで、召使いがいて、その召使いがそう悪くはなかったから、その女《コ》のことを好きになっちゃったみたいなんだ。あるあるっちゃ、あるあるだよね。

ただ、それだと困るのは、その男の親ってもんだろ？

まあ、邪魔するよね。「ウチのかわいい○○くんをたぶらかしてんじゃないわよ！」と言ったとか言わないとか。でも、言ったところで我が息子が召使いの女に執着しても困るし、もうこの女をクビにするしかないな、と判断したみたい。

男は親のすねをかじっているから、女をとどめることもできずオロオロするばかり。

女は召使いの身分なので、当然、雇ってくれているご主人様に反抗できるわけがない。そんなこんなで、親はこの召使いの女を追い出したんだ。誰かに連れ出されて行ったのさ。男は血の涙を流して号泣するしかできず、泣きながらこんな歌を詠んだらしいぜ。

あの子が自分から出て行ったんなら、そうなら、別にかまわないんだ。でも、無理やり連れ出すなんてあんまりだよ。こんなにつらくて悲しい別れを、僕は今まで経験したことがないよ。あああ、ひどいよ、悲しいよ、苦しいよ——。

そのまま気絶したそうだよ。親はそれはもうパニックだよね。愛しい息子が気を失ったんだ。「〇〇くんのためにしたのよ！　まさか、こんな……」って絶叫しながらうろたえてたけど、目を覚まさずに息も弱くなってきて、親は神仏に一心に祈ったらしい。気絶したのが夕方だったみたいだけど、翌日の夜にやっと息を吹き返したそうな。

昔の若者は、こんな一途だったのさ。今の年輩の人には、こんな恋愛は無理だな。

三川三川三川三川三川三川三川三川三川三川三川三川三川三川三川三川三川三川

★「今の若い者はなっとらん」が定番だけど……

原文の最後の一文は「今のおきな、まさにしなむや」です。「しなむや」の「し」をサ変動詞「す」の連用形でとると、「どうして（このような純情な一途な恋愛を）しようか、いや、しない」という解釈になりますが、「死なむや」とナ変動詞「死ぬ」の未然形「死な」でとると、「どうしてこんな死ぬような恋をするのか、いや、恋死になんてしない」となります。

どちらにしろ、**この命を懸けるほど一途な恋をしている昔の若い男を称賛している**のです。そして、その「昔の若い男」への称賛を際立つものにするために、その対極の「今の年輩の人」をたとえとして出しています。

一応、それに則って【超現代語訳】はしましたが、個人的には、この若者にもうちょっと頑張ってもらいたいですね。あなたのせいで召使いの女性は連れ出されるわ、それを止めもしないで号泣しているだけだわ、挙句の果てに気絶するわで、おいおい、と。親が強すぎるとどうしようもないのかもしれませんが、私はこの男性を、「命をかけて一途に恋するステキな人！」と絶賛する気になれないなぁと思ってしまいます。

ちなみに、男が流した「血の涙」は、涙がもう出きってしまい、血が涙となって出てくるようなイメージから、**ものすごく悲しい時に流す涙のこと**です。現在のアニメでも、たまに赤い涙を「ダーッ」と流しているようなイラスト、見たことがある人もいますよね。本当に血が出るわけではないですが、それほど悲しいということは伝わると思います。

原文

昔、若き男、けしうはあらぬ女を思ひけり。さかしらする親ありて、思ひもぞつくとて、この女をほかへ追ひやらむとす。さこそいへ、まだ追ひやらず。人の子なれば、まだ心いきほひなかりければ、とどむるいきほひなし。女もいやしければ、すまふ力なし。さる間に、思ひはいやまさりにまさる。にはかに、親、この女を追ひうつ。男、血の涙を流せども、とどむるよしなし。率《い》ていでていぬ。男、泣く泣くよめる。

いでていなば誰《たれ》か別れのかたからむありしにまさる今日は悲しも

とよみて絶《た》え入《い》りにけり。親あわてにけり。なほ思ひてこそいひしか、いとかくしもあらじと思ふに、真実に絶え入りにければ、まどひて願《がん》立てけり。今日のいりあひばかりに絶え入りて、またの日の戌《いぬ》の時ばかりになむ、からうじていきいでたりける。昔の若人《わこうど》は、さるすける物思ひをなむしける。今のおきな、まさにしなむや。

現代語訳

昔、若い男が、悪くはない女を恋しく思った。おせっかいな親がいて、（息子が女に）執着しては困ると思って、この女を他へ追い出そうとする。そうはいうが、まだ追い出していない。（男は）親がかりの身なので、まだ思うままに振る舞う力がないので、とどめる力もない。女も身分が低いので、抵抗する力もない。そうこうするうち、思いはますます募る。突然、親は、この女を追い出した。男は、血の涙を流したが、止める方法がない。（人が）女を引き連れて出て行った。男が、泣く泣く詠んだ。

自分から出て行ったならば、誰が別れがつらいだろうか、いや、つらくない。（そうではないので）以前にもまして今日は悲しいなあ。

と詠んで気絶した。親は慌てた。息子のためを思って言ったのだ、まさかこれほどではないだろうと思ったところ、本当に気絶してしまったので、うろたえて神仏に願を立てた。今日の日没頃に気絶して、翌日の午後7時から9時の間に、やっとのことで息を吹き返した。昔の若者は、こんなにも一途に恋をした。今の老人は、そんなことができようか。

ワンポイントレッスン

「けしうはあらず」とは

身分、才能、容姿などが「そう悪くない」という意味です。「けしう」は形容詞「けし」【怪し・異し】の連用形「けしく」のウ音便で、「変だ・異様だ」の意味です。よって、直訳は「変ではない・異様ではない」ですね。そこから「不自然ではない」という訳もあります。

四一　君もオレの妻のようなものさ

【超現代語訳】

昔、姉妹がいたんだ。そのうちの一人は、身分が低く貧しい男と結婚し、もう一人は高貴な男と結婚したんだ。あ、その高貴な男ってのがオレね。

あれは十二月末だったな、オレの妻じゃないほうがさ、旦那の仕事の礼服を洗濯してアイロン代わりに糊付けしてピンッて張ってたら、なんと、肩の部分をうっかり破いちゃったんだって。

そりゃ、こんな召使いがするような仕事、慣れてないから当然だよね。でも、泣いちゃってて、あまりにも気の毒だから、その旦那の仕事着の緑色の服を探し出して、オレ、贈ってあげたんだ。

紫草の根っこは春に色が濃くなって、芽吹いてきた野原の草木は緑色になって、はるか遠くまで見分けがつかなくなるよね。そんなふうに、僕の愛する妻の縁者である君は、僕にとっては妻と区別ができないほど大切な人なんだ。だから、これを贈るよ。さあ、もう涙は拭きな。かわいい顔が台無しだぜ。

ふ、オレって優しいだろ？「女性には優しく」なのさ。

★服の色で身分がバレバレ

姉妹が出てきて「紫」と喩えているのが一段（20頁）と似た感じですが、この段では、片方は業平の妻ですね。

もう一人のほうの夫は身分が低いとありましたが、**具体的には六位の男性**のようです。どこでそれがわかるかというと、**「緑色の服」**という記載がありますね。そこからわかります。位によって着る服の色が決まっていました。たとえば、一位が深紫色、二位・三位が浅紫色……のように決まっていたのです。「紫色は高貴な色」というのを聞いたことがある人もいるかもしれませんね。

さて、当時の貴族の「位階《いかい》」に関してザッと説明しておきましょう。

「位階」とは序列、身分の等級にあたるもので、「六位」というのがそれです。一位が太政大臣、二位が左大臣・右大臣・内大臣、次に三位……というように一位から順にピラミッド型に人が増えていくイメージをしてください（左図参照）。

一位から三位の人のことを「上達部《かんだちめ》」といいます（「かんだちべ」とも）。四位・五位と六位の蔵人《くろうど》という役職の人を「殿上人《てんじょうびと》」といいます。殿上人は、天皇が昼間過ごしている清涼殿という御殿の南廂《みなみびさし》にある、「殿上の間」という詰所に昇殿することを許されていた人たちです。

蔵人以外の六位以下の人は「地下《じげ》」といい、殿上の間に昇殿することはできません。

この話の身分が低い夫は「六位」なので地下です。

業平が詠んだ和歌の「野原の草木は緑色」は、六位の夫の服の色である「緑色」も関連させています。

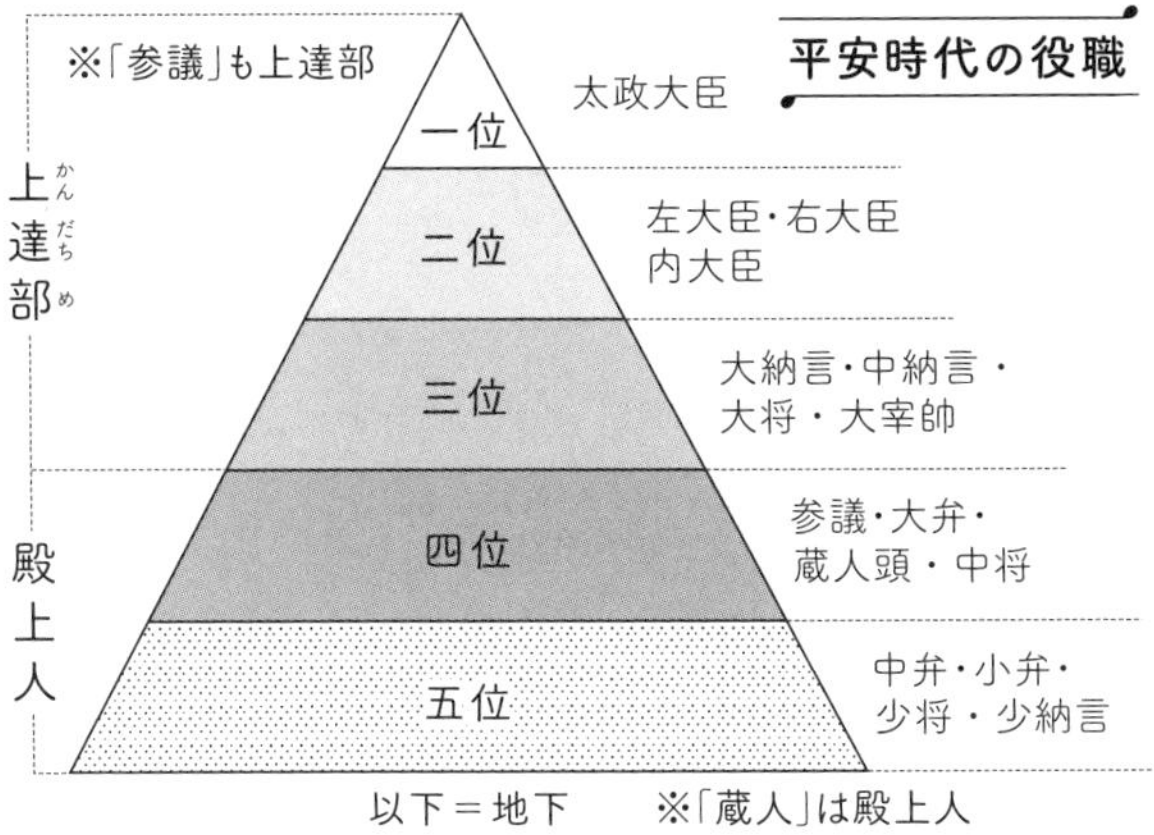

原文最後の解釈が難しい

さて、【超現代語訳】の最後ですが、これは私が勝手に創作しました。原文の最後は「武蔵野の心なるべし」となっています。

突然「武蔵野の心」といわれてもなんのことだかよくわからないですよね。これは後人（誰かは不明）がつけた注だと考えられており、『古今和歌集』が絡みます。

原文中の「紫の～」の和歌は、『古今和歌集』にも業平の歌として収録されているのですが、その業平の歌の前に、「詠み人知らず」で「紫のひともと故に武蔵野の草はみながらあはれとぞ見る」（＝一株の美しい紫草があるために、それが生えている武蔵野の草はすべてしみじみと愛おしく思える）という和歌があります。後人が、「業平の和歌は、この『紫のひともと故に武蔵野の〜』の和歌の気持ちを踏まえて詠まれた和歌なのだろう」と最後に注として付け加えたのです。

愛する妻の縁者はすべて愛しいというのは、義妹はもちろんのこと、その夫もそうだということなのでしょう。服を贈ることがマウントのようになってしまわないように、業平なりに相手を気遣ったのです。縁者で大切な人だから、と。

原文

昔、女はらから二人ありけり。一人はいやしき男の貧しき、一人はあてなる男もたりけり。いやしき男もたる、十二月《しわす》のつごもりに、うへのきぬを洗ひて、手づから張りけり。心ざしはいたしけれど、さるいやしきわざも習はざりければ、うへのきぬの肩を張り破《や》りてけり。せむ方《かた》もなくて、ただ泣きに泣きけり。これをかのあてなる男聞きて、いと心ぐるしかりければ、いと清《きよ》らなる緑衫《ろうそう》のうへのきぬを見いでてやるとて、

紫の色こき時はめもはるに野なる草木ぞわかれざりける

＝武蔵野《むさしの》の心なるべし。

現代語訳

昔、二人の姉妹がいた。一人は身分が低く貧しい男を、一人は高貴な男を夫にした。身分が低い男を夫にした女が、十二月の末に、袍《ほう》（＝男性貴族の正装の表衣）を洗って、自分で糊付けして張る（＝アイロンのような働きとなる）仕事をした。心を尽くしたが、そのような下女がする仕事は慣れていなかったので、袍の肩のところを張る時に破ってしまった。どうしようもなくて、ただ泣くばかりだった。これを、あの高貴な男が聞いて、大変気の毒に思ったので、たいそう美しい緑衫《ろうそう》の袍を見つけてあげようとして、

紫草の色が濃い時には、はるか一面に咲いている他の草木が、春になり芽もいぶいて緑になり区別ができないように、我が愛する妻の縁者であるあなたも同じように大切で区別ができません。

「武蔵野の」の歌の心映えを歌ったものであろう。

四七 肝心な人が振り向いてくれなくてつらい……

【超現代語訳】

昔、オレが、猛烈に、なんとしてでも手に入れたいと思う女がいたんだ。そうなんだけど、この女はオレのことを「超女好き」と聞いていたみたいで、取りつく島もなくてさ。やっと手紙が来たと思ったらこれだもんな。

大幣《おおぬさ》みたいに、あなたは大勢の女性から引っ張りだこで、たくさんの女性と深い関係になっているのでしょ。私なんかがお慕いしても、そんなあなたを頼りにすることなんてできませんわ。

オレになびく気ゼロだよね。こう言ってみてもダメかなぁ？

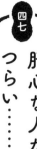

僕が大幣のようだという噂が立っているようですね。ただ、大幣は川に流れて行った最後には、どこかに寄りつく瀬があるように、僕が最後に寄りつくところ、それはあなただと、僕はそう思っているのになあ。

モテ男でも拒否されることはある

女性から人気がある男性でも、モテるがゆえにチャラそうに見えて（実際チャラい人もいるでしょうけど）、本命にはまったく相手にしてもらえないこともあるかもしれませんね。時代も老若男女も問わず、そういうことはあるのだな、とあらためて思う段です。

さて、**「大幣」というのは、大きな串につけた麻・木綿・紙などの幣《ぬさ》（＝神に祈る時にささげる供え物）で、大祓《おおはらえ》の時に使用するもの**です。祓が終わると、参列していた人々は大幣を引き寄せて、身をなでて穢《けが》れを移し、川へ流していました。このように、大幣をたくさんの人々が引き寄せることから、「大幣」には**「引っ張りだこ状態・引く手あまた」**の意味もあります。

そして、川へ流した後、最後はどこかに寄る瀬があるように、業平は「よる瀬」を**「最終的に本当に心を託せる女性」**というたとえで用いています。女性が「大幣」と詠んできたので、それにちなんだたとえを入れた返歌をしています。

さすが、歌がうまくてモテただけのことはありますね。

原文

昔、男、ねむごろに、いかでと思ふ女ありけり。されどこの男を、あだなりと聞きて、つれなさのみまさりつついへる。

大幣《おおぬさ》の引く手あまたになりぬれば思へどえこそ頼まざりけれ

返し、男、

大幣と名にこそ立てれ流れてもつひによる瀬《せ》はありといふものを

現代語訳

昔、男が、熱心に、どうにかして結ばれたいと思う女がいた。けれども（女は）この男を、浮気者であると聞いて、冷淡さばかりが募りながら詠んだ。

あなたは大幣のように引く手あまたなので、思っても頼りにしないことよ。

返しとして、男は、

大幣のように引く手あまただと評判になっているが、大幣が最後には流れ着く瀬があるというのになあ（＝私はあなたを最後に寄りつくところだと頼みにしているよ）。

ワンポイントレッスン

「あだなり」とは

重要単語で「浮気だ」「はかない」の意味です。

「あだなり」の反対語は「まめなり」【忠実なり】で「真面目だ・誠実だ・実用的だ」の意味です。「あだ」と「まめ」、セットで覚えておきましょう。

四八 初めて女性の苦労がわかったよ

超現代語訳

昔、オレがさ、ある人のお別れ会をしてやろうと思って、旅立つ当の本人を待ってたんだけど、全然来ないんだよ。

なんなんだよ、せっかく準備してんのに。それとも、何かあったのかな。腹も立つけど、心配にもなってくるし、その心配していることにも腹立たしくなってくるし、あ〜もう！　早く来いよ!!

今、オレ、やっとわかったよ、女が男を待つ苦しみが。ほら、オレ、いつも行く側だからさ、待つほうの苦しみって経験したことないからよくわからなくって。

でも、今、わかったよ。恋人でなくても、待つ側ってこんなにつらいんだな。よし！　オレを待っているベイビーちゃんたちのところには、絶えずに行ってあげるとするか。

☆経験して初めて気づく

和歌は、『古今和歌集』に収録されている業平の和歌です。

その詞書《ことばがき》には、「紀利貞《きのとしさだ》が阿波介《あわのすけ》にくだる時に、送別の宴をしようとして、今日しようと言っていた日に、（利貞は）いろいろなところに（別れの挨拶に）出歩き回って、夜更けまで来なかったので、（この歌を詠んで）贈った」とあります。

当時の恋愛においては、男性が「待つ」のはせいぜい女性からの手紙だけであって、「訪れを待つ」ことは基本ありません。ですから、女性がどんな気持ちで「訪れ」を待っていたのか、この時に初めてわかった、と業平は、今まで待たせてしまったことを反省しています。
これで本当に女性のもとへ行くようになったのであれば、待っていた女性たちからすれば「利貞、グッジョブ！」ですね。

原文

昔、男ありけり。馬のはなむけせむとて、人を待ちけるに、来《こ》ざりければ、

今ぞ知る苦しきものと人待たむ里をば離《か》れずとふべかりけり

現代語訳

昔、男がいた。送別会を開いてやろうと思って、旅立つ人を待っていたが、来なかったので、

今知ったよ。来ない人を待つのがこんなに苦しいものだと。だから、私の訪れを待つ女のところには、絶えることなく訪れなければいけないのだなあ。

ワンポイントレッスン

「馬のはなむけ」とは

旅立つ人のために、送別の宴をしたり、餞別の品をあげたりすることです。旅立つ際に、乗る馬の鼻を行き先の方向に向けて旅の安全を祈ったことから、「馬の鼻向け」というようになりました。

3章

高子のライバル登場編

こんな女性たちとも!?

【3章がよくわかる人物系図】

※数字は天皇の代数

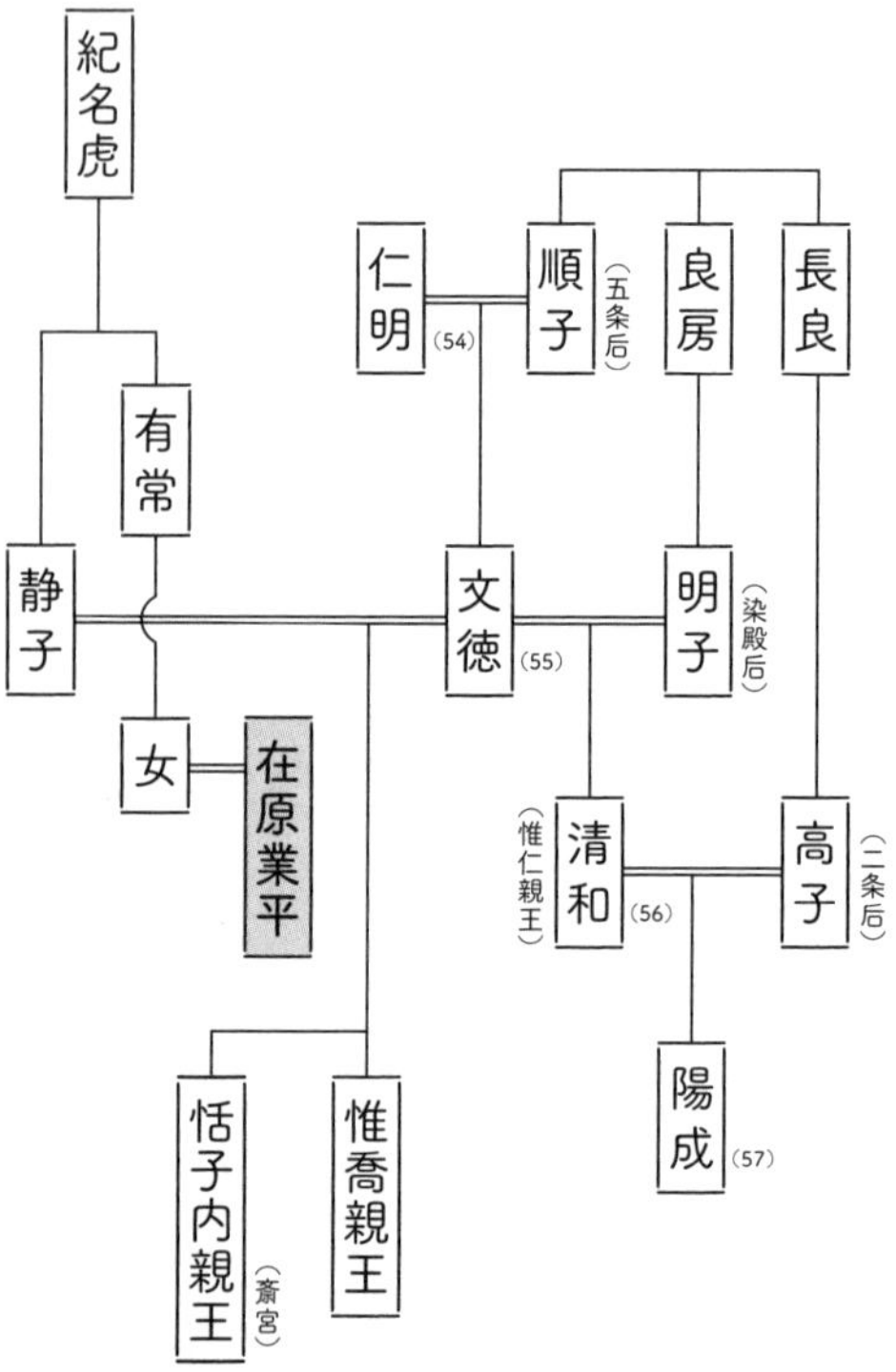

五一 オレたちの愛の花は永遠に枯れないよ

【超現代語訳】

昔、オレ、ある人の家の庭の植え込みに、菊を植えたんだ。その時に、こんな和歌も詠みながら……。

しっかりと植えたならば、秋ではない時には咲かないでしょうが、秋が来れば毎年必ず咲くはずです。花は散ったとしても、根が枯れるでしょうか、いや、枯れないのです。秋が来るたびに、ずっとずっと咲き続けます。

✿菊の花に熱い思いを込めて

この菊の和歌とまったく同じ和歌が『大和物語』の一六三段にあります。そちらでは、「在中将《ざいのちゅうじょう》〔＝業平〕が、后の宮〔＝二条の后・高子《たかいこ》〕から菊をお召しになったので、（業平が菊を）献上したついでに、この和歌を書きつけて献上した」とあります。

そのため、**「花」は二人の逢瀬、「根」は業平の気持ち**だと解釈する説もあります。そうすると、この和歌は、次のように解釈できます。「高子様、あなたと共寝をすることはもうできませんが、それでも、僕の気持ちはずっと変わらずに永遠にあなたのことを愛しています」という業平の熱い気持ちだと。

原文

昔、男、人の前栽《せんざい》に菊植《う》ゑけるに、

植ゑし植ゑば秋なき時や咲かざらむ花こそ散らめ根さへ枯れめや

現代語訳

昔、男が、人の家の庭の植え込みに菊を植えた時に（詠んだ歌）、

しっかり植えたなら、秋ではない時には咲かないだろうが、花は散ったとしても根まで枯れるだろうか、いや、枯れない（＝ずっと秋になれば繰り返し美しく咲くでしょう。それと同じように、私の心もずっと変わらない）。

ワンポイントレッスン

「めや」とは

和歌中の「めや」や「らめや」は、「反語（どうして〜か、いや、〜ない）」の意味になります。

「根さへ枯れめや」は「根まで枯れるだろうか、いや、枯れない」ですね。

五三

ちょ、ちょっと待って！ 夜はこれからなのに！

【超現代語訳】

昔、オレが、なかなか逢えなかった彼女にやっと逢えたことがあって、久しぶりだから、そりゃあもうイチャイチャ話をするよね。

お互い、いろんな話をしているのにさ、鶏が鳴きやがるんだぜ！

鶏よ、どうして鳴いちゃうかなぁ。オレの中では、まだまだ夜は深いんだけど。

だって、夜明け、まだだろ？　もう夜明けなのか!?　嘘だろ、おいおい……。

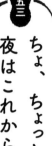

★鶏が鳴く＝別れの合図

男性が夜、女性のところへ通った際は、**朝明けきる前に帰るのがマナー**です。時計もない時代ですから、鳥の鳴き声や鐘の音が「そろそろ帰らなければ」という合図となっていました。

久しぶりに会えたので、まだまだ名残が尽きなかったのでしょうね。心の中ではまだ明けていないと訴えている和歌です。

まあ、でも、業平ですからね～、リップサービスのような気がしてしまうのは私だけではないはずです。

原文

昔、男、あひがたき女にあひて物語《ものがたり》などするほどに、とりの鳴きければ、

いかでかはとりの鳴くらむ人知れず思ふ心はまだ夜《よ》ぶかきに

現代語訳

昔、男が、なかなか逢えない女に逢っていろいろな話をしているうちに、鶏が鳴いたので、

どうして鶏が鳴いているのだろうか。人に知られずにあなたを想う心は、まだ夜が深く明けないように、まだ尽きていないのに。

五五 君の言葉に一喜一憂してしまうんだ

【超現代語訳】

昔、オレが好きだった女《コ》で、でも、手に入れることは絶対に不可能な運命だったんだよね。

あなたは僕のことなんて思い出さないだろうけど、僕はあなたのお言葉の端々《はしばし》から、つい頼りにしてしまうのですよ。

誰を思って詠んだ歌？

この女性が誰かはわかっていませんが、**「二条の后・高子《たかいこ》ではないか」**という説もあります。**「言《こと》の葉《は》」も、「以前の言葉」説と「現在、たまに耳にする言葉」説**があります。今回は独断と偏見で、「高子」と「現在の言葉」で解釈します。

高子が入内すれば、絶対にもう手が届かない相手になりますが、ここまで見てきたように、入内してからも、ちょこちょこと業平を目にする機会はあったようです。「菊を献上するように言った」（197頁）のも高子であるならば、業平はそれを自分に依頼してきたことがうれしかったでしょうね。

「嫌ならば自分に言ってくるわけがない、言葉にはできないけど、きっと高子様……、高子ちゃんも自分と同じ気持ちなんだ！」

こんなふうに高子の言動の端々から、高子の気持ちを勝手に想像して頼りにするしかできなかったのでしょうが、それだけが高子に対する希望だったのかもしれません。

まあ、最初に申し上げた通り、事実は不明ですから、全部私の妄想ですけどね。

ですが、高子説&現在説で解釈すると、たった数行の段ですが、一気に味わいが増す気が個人的にはしています。

ただ、全っ然違う女性に対して、「僕は君の言葉を思い出して頼りにしているよ」と詠んだ話かもしれませんので、あしからずご了承ください。

原文

昔、男、思ひかけたる女の、え得《う》まじうなりての世に、

思はずはありもすらめど言《こと》の葉《は》のをりふしごとに頼まるるかな

現代語訳

昔、男が、慕っていた女が、手に入れることができない仲に(なり、詠んだ歌)、

あなたは私を思わないでいるだろうけれど、あなたの言葉の端々に頼みにしてしまうなあ。

ワンポイントレッスン

動詞「頼む」は

動詞「頼む」は四段活用（ま／み／む／む／め／め）と下二段活用（め／め／む／むる／むれ／めよ）の二種類がある動詞です。

四段と下二段の二種類を持っている動詞は、訳し方が違います。四段はそのまま、下二段は四段の意味に使役（＝～させる）を足して訳すのです。

最後の和歌中にある「頼ま」は四段活用なので、「頼りにする・あてにする」の意味です。下二段の「頼む」は「頼りにさせる・あてにさせる」（＝期待させる）という意味になります。

大学入試の現代語訳の問題部分に「頼む」があれば、四段なのか下二段なのかに気をつけましょう。

六十 タチバナの花の香りは元妻の香り

超現代語訳

昔、とある男がいた。そいつ、宮中の仕事が忙しくて、家庭のことがおろそかになっていたんだよね。妻も愛想を尽かしていて、そんな時に「君を愛しているんだ。僕なら君を一生大事にするよ」とか言ってアプローチしてくる男がいたみたいで、そりゃコロッといっちゃうよね、妻はその男について、地方の国へ行ってしまったのさ。

その後、どれくらい経ったかな、元夫の男が大分県の宇佐《うさ》神宮への使いとなって下向することになったんだよね。宇佐の使いは下向の途中で、国々で接待をされることになっているんだけど、ある国の接待担当になっていた役人の妻が、どうやら自分の元妻らしいという噂を聞いたんだ。

そいつ、その家に行った時に、なんて言ったと思う？

「この家の妻に酌をさせよ。そうでなければ酒は飲むつもりはない」って言ったのさ。勅使からの命令だから断ることなんてできなくて、その家の妻、つまり元妻が酌をしようとした時に、この男はつまみにあった橘《たちばな》を手にとって、こんな和歌を詠んだとか。

五月を待って咲く花橘の香りをかぐと、昔慣れ親しんだ人の袖の香りがします。

この和歌を聞いた妻が、元夫に気づいたそうだよ。勅使となった立派な元夫を目の前に、昔、自分が見限って他の男の妻となったことを後悔してももう遅く、自分の浅はかさを恥じて、尼になって山にこもってしまったらしいぜ。

✿ 業平も「宇佐使《うさづかい》」に任ぜられたけど……

この元夫は、どういうつもりで妻に酌をさせるように言ったのでしょうか。

自分のことを裏切った女に出世した姿を見せつけて、地方の妻になりさがったことを後悔させたくて言ったのか。それとも、懐かしさを感じて、ただただ話をしたかっただけなのか。昔、自分が構ってやれなかったことにも罪悪感があったのかもしれませんし。

どちらにしても、この元妻がブレすぎているのが問題だと思われます。おろそかにされて、それが嫌で他の熱心な男性を選んだのであれば、覚悟して地方にも下ったのでしょうし、たとえ、出世した元夫が目の前に現れようが、堂々としていればよかったんじゃないのかな、と思ってしまいます。

今の夫が、約束通り大切にしてくれているのならば、地方の妻だろうが、今の夫のほうが元夫よりも地位が低かろうが、求めていた幸せは手にしているのだから、お酌をしながら「私も幸せですオーラ」で対応していれば、元夫がどっちの気持ちだったとしても平和に終わった気がします。

今の夫が、口先だけで全然大切にしてくれていなかった上に、元夫が嫌味な感じの態度だったなら、もうなんだかいろいろ悲しくなり、絶望して出家してしまったのもわからなくはありませんが。元夫がどういう気持ちで言ったのか、今の夫が妻に対してどんなふうなのかが書いていないのでなんとも言えませんが、オチが出家したことだけは確かです。きっと最後の想像通り、今の夫が口先野郎＋元夫が嫌味な態度だったのかもしれませんね。

ちなみに、業平は実際に八五二年に宇佐使《うさづかい》〔＝宇佐神宮に派遣された勅使〕に任ぜられたことがあるようですが、「さつき待つ～」の和歌が『古今和歌集』では「詠み人知らず」として収録されていますので、本書では、この「男（元夫）」は業平以外の人物として訳しました。

原文

昔、男ありけり。宮仕《みやづか》へいそがしく、心もまめならざりけるほどの家刀自《いえとうじ》、まめに思はむといふ人につきて、人の国へいにけり。この男、宇佐の使《つかい》にていきけるに、ある国の祇承《しぞう》の官人の妻《め》にてなむあると聞きて、「女あるじにかはらけとらせよ。さらずは飲まじ」といひければ、かはらけとりていだしたりけるに、さかななりける橘をとりて、

さつき待つ花たちばなの香《か》をかげば昔の人の袖の香《か》ぞする

＝といひけるにぞ思ひいでて、尼になりて山に入《い》りてぞありける。

現代語訳

昔、男がいた。宮仕えに忙しく、実直に愛情を注いでいなかった妻が、誠実に愛そうと言う男について、他国へと行った。この（元の）男は、宇佐の使いとして出かけて行った時に、ある国の接待役人の妻になっていると聞いて、「当家の主婦に酌をさせよ。そうでないならば飲むつもりはない」と言ったので、盃をとって出したところ、（男は）お酒のつまみとして出された橘を手にとって、

五月を待って咲く橘の花の香りをかぐと、昔親しんだ人の袖の香りがする。

と詠んだので（女は昔の夫であることを）思い出して、（我が身の軽薄さを恥じて）尼になって山の中で暮らした。

ワンポイントレッスン

「花たちばな」とは

橘（＝現在の「こうじみかん」）の花のこと。初夏に咲き、ほととぎすと一緒に和歌に詠まれることが多いので、「初夏・ほととぎす・橘」はセットで覚えておくとよいですよ。

六二 ちっさい男だなぁ。言っとくけど、オレじゃないよ

【超現代語訳】

昔、とある男に、何年も訪れなかった女がいてさ。どうしようもない理由があってのことだったんだけど、気が回らない女だったんだろうな、夫の事情なんてちっともわかってやしなかったみたいなんだよね。

その女は、しょうもないあてにもならないようなヤツの甘い言葉に誘われて、地方に行ってしまったんだ。しかも、そこで男に捨てられて、どうにもならなくて、人に使われる身となったのさ。

たまたま、そこに元夫が客人として訪れて、元妻は食事の給仕をしたらしいんだよね。

夜に、元夫が「さっきの給仕係の人を呼んでくれ」と家の主人に言ったので、元妻は元

夫のもとへ。そうすると、元夫はこう言ったのさ。「俺に見覚えはないのか?」と。そして、歌を詠んだ。

かつての輝くような美しさはいったいどこに消えたんだ? 桜の花のように美しかった君が、花もすべて散って、なんの見どころもないようなひどい姿に落ちぶれたことだねぇ。

元妻は恥ずかしくて、返事もできないくらいでただただ座っていたらしい。そこをたたみかけるように「なんで返事もしないんだよ」と言ったので、女はようやく「涙が出てきてよく見えないし、何も言えません」と声を絞り出せたんだ。そこでやめなかったのが元夫。

これがあの、俺の元から去って行ったあの女なのか。あれから年月が経ったが、前よりよくなったところなんて何一つないね。

そう言って、自分の服を脱いであげたんだけど、元妻はそれを捨てて逃げたらしい。それっきりその女がどこへ行ってしまったのか、誰も知らない――。

☆この元夫は悪意あり

前項の六十段と似ていますが、こちらは**完全に元夫の嫌味な復讐**ですね。

たしかに、この女性も、元夫の事情が見抜けなかったり、あてにならないような男に騙されたり、浅はかなところがあったかもしれません。ですが、圧倒的に、この男のしていることのほうがひどいです。裏切られたのはショックだったかもしれませんが、それでも「ちっちゃい男だな」としか思えません。

しかも、そもそも妻を放置していた期間、「何年も」ですよ？　どんな事情があったか知りませんが、そんなに放置していた男もどうかと思います。「言わなくても見抜いてくれ」なんて、どだい無理な話です。それをそこまで恨むなんて心の狭い男ですね。

そして、久しぶりに会った妻に、とんでもなくひどい和歌を二首も詠みかけます。

恨んでいるにしても、落ちぶれた姿を見たなら、もうそれで許してあげてよ、と思いますね。それをわざわざ呼び出して、とどめをさすとか最悪です。「そんな性格だから、他の男性に走ったんじゃないの？」と言いたい。

さらに、そんな和歌を詠みかけといて服を渡すとか、同情だか来たことへの報酬のつもりだかなんだか知りませんが、何を考えているのか意味不明です。私なら「こんなちっさい男と別れてよかった〜！」と思います。

原文

昔、年ごろ訪れざりける女、心賢くやあらざりけむ、はかなき人の言《こと》につきて、人の国なりける人につかはれて、もと見し人の前にいで来て、もの食はせなどしけり。夜《よ》さり、「このありつる人給へ」とあるじにいひければ、おこせたりけり。男、「われをば知らずや」とて、

いにしへのにほひはいづら桜花《さくらばな》こけるからともなりにけるかな

といふを、いとはづかしと思ひて、いらへもせでゐたるを、「などいらへもせぬ」といへ

ば、「涙のこぼるるに目も見えず、ものもいはれず」といふ。

これやこのわれにあふみをのがれつつ年月経《としつきふ》れどまさりがほなき

といひて、衣《きぬ》ぬぎてとらせけれど、捨てて逃げにけり。いづちいぬらむとも知らず。

現代語訳

昔、何年も(男が)訪ねなかった女が、賢明ではなかったのだろうか、頼りにならない男の言葉に従って、地方の人に召し使われて、元夫の前に出て、食事の世話などをした。夜になって、(元夫が)「さっきの女をよこしなさいませ」と主人に言ったので、女をよこした。男は、「私を忘れたのか」と言って、

昔のつややかな美しさはどこへ行ったのか。桜の花のように美しいあなたが、みじめに花を散らせて幹になってしまったなあ。

と詠んだので、(女は)とても恥ずかしいと思って、返事もしないで座っていると、(男は)「どうして返事もしないのか」と言うと、「涙がこぼれて目が見えず、物も言えない」

と言う。（男が）

これがまあ、私のもとから逃げて行き、年月を経たが、以前よりよいところがない顔だなあ。

と言って、着ていた衣服を脱いで与えたが、（女は）捨てて逃げた。どこへ行ったとも知れない。

ワンポイントレッスン

「あふみ」とは

二首目の和歌の「あふみ」には、「近江」と「逢ふ身」がかけられています。よくあるパターンの掛詞です。

ただし、この段に近江の地名は出てこないため、「近江を逃れて、さらに遠くへ行った」の意か。

六三 老女にストーカーされてさ。オレって罪作りな男だな

超現代語訳

昔、男を欲してどうにもならない女がいて、なんとかして思いやりのある優しい男と一線越えたいと思ったみたいなんだよね。でも、そんなこと普通言いだせないだろ？

そこで、その女は、自分の子供を三人呼び出して……え？「呼び出せるような大きな子供が三人もいるの!?」って？

そうなんだよ。それで、その我が子三人を呼び出して、「夢で見たんだけど」って、見てもないくせに夢の作り話をして聞かせたんだ。

「夢で、思いやりのある優しい殿方と深い仲になりなさいって言われたの。どういうことだと思う？」みたいに言ったんだと思うよ。夢は、何か意味を持つ大事なものだと考

えられているからね。三人のうち、上の二人の子はそっけない反応しか示さなかったんだ。まあ、そりゃそうだよね。

ただ、三男が優しい子でさ、「よい男性が現れるのでしょう」って、夢の話に乗ってあげたから、この女は、それはもうご機嫌になっちゃって。

そして、三男はこう思ったんだって。

「あの人以外にこんなお願いをできる、思いやりのある優しい人なんていない。なんとかして在原業平さんと母をデートさせたい」

――えっ⁉　オレ⁉　ちょ、待って。君のお母さんなんだよね？　いくつだよ⁉

とりあえず、この三男坊は、オレに会うために、オレが狩りをしているところを探し求めて、オレを見つけた時に、オレが乗っている馬を引きとどめて、母親のことを懇願してきたんだ。

「女性に優しく」がモットーのオレだけど、三男の孝行心にも感動しちゃってさ、断れないよね。望み通り、彼の母親に会いに行って一晩寝てやったのさ。

まあ、でも……一晩でもありがたく思ってほしいよね、うん。

その後はもちろん行ってないんだけど、そしたら、なんと！　女がオレの家に来ちゃったんだよ!!　しかも、訪ねてくるわけじゃないんだ、隙間からのぞき見してたんだ。ストーカー化しちゃったのか!?

気づいた時は「んなっ!?　女の垣間見《かいまみ》!?」ってちょっとビビったよ。ま、オレが一晩しか相手しなかったことが悪いか……。

百年に一年足りない、つまり99歳の白髪の老女が、僕のことを恋しく思っているらしいな。だって、幻覚で姿が見えるんだ。

聞こえるようにわざと大きな声で詠んで、「よし！　久しぶりに行ってみるか」って言いながら出かける準備をしたら、この女は茨《いばら》や枳殻《からたち》のトゲにひっかかるのも気にしないで大慌てで家に帰って、横になって待ってたよ。

さっき女がしたように、オレも物陰にこっそり立って見ていたら、女は嘆きながら寝ようとして、こう詠むんだ。

敷物に私の服の袖を一人で敷いて、今晩もまたあの愛しい人に逢えないで独り寝

をすることになるのでしょうか……。

なんだか気の毒になっちゃってさ、その晩はまた一緒に寝てやったんだ。普通の男は、自分が好きな女には優しく、好きでもない女にはそれなりの対応しかしないものなんだけど、オレはね、やっぱり好きな人はもちろんだけど、好きでもない女にも同じように接してあげたいんだ。ほら、「女性に優しく」がモットーだから。

≡≡≡

★なぜ「九十九」を「つくも」と読む？

99歳はさすがにちょっと……と思いますよね。そう、これはたしかにオーバーな表現であって、この女性が本当に99歳というわけではありません。それくらい高齢の女性ということが言いたいだけです。しかも「当時の」ですからね。40代で初老と言われていた時代なので、きっと**40～50代くらいの女性**かな、と思われます。

ところで、「九十九」を「つくも」と読むことをご存知でしょうか？　なぜ、「九十九」をそう読むのか不思議ですよね。由来として三つくらい説があるのですが、そのうちの一つが『伊勢物語』のこの段です。

男が詠んだ和歌の上の句は、「百年《ももとせ》に一年《ひととせ》たらぬつくも髪《がみ》」です。**「つくも髪」というのは、「白髪」もしくは「老女」の意味**です。「ツクモ」という海藻の見た目が白髪に似ていることから、「白髪」を「つくも髪」と表現しました。

次に、「白髪」の「白」の漢字に注目してみましょう。「百」の上の「一」をとると「白」になりますね。そこで、『伊勢物語』の作者は、「つくも髪」（＝白髪）にかかっていくように、「百（年）に一（年）足りない」と上に付け足したのです。

ここから、「**つくも髪**」＝「**白髪**」、「**白**」＝「百－一＝**九十九**」で、「**つくも髪**」に「**九十九髪**」と漢字を当てることがあり、「九十九」を「つくも」と読むようになった、という説です。

他の説としては、「百」を大和言葉で「もも」と読むので、「九十九の次が百ですよ」ということで「次百（つぐもも）」がなまって変化した（＝「転訛《てんか》」）という説や、「百」を「も」と読み、「足りない」という意味の「つつ」を前に足した「つつも」が変化したという説があるようです。

「いい男に出会って、ゲットしたいぃぃぃっ〜!!!!」

さて、「九十九」の読み方の由来はここまでにして、話の内容に戻りましょう。

この段、なんだか微笑ましくて昔からけっこう好きな段です。三男もとても母親思いの優しい子ですし、女性関係がちゃらんぽらんな業平もここまでくれば優しいですね。あの「つくも髪」の和歌を詠んだだけで終わったらひどいですが、そう詠みながらも**ちゃんと逢いに行って相手をしてあげている**のですから。

そして、恋愛に飢えているこの高齢女性も、必死すぎてなんだかお茶目に思えます(いや、決して、自分が同年代の女性だからということで肩を持っているわけではありません。ピチピチの女子高生の頃からそう思っていました)。

我が子に恋愛相談(?)をするために作り話までして。しかも、それが功を奏して、ちゃんとモテ男とそういう関係になり、さらに、当時としては珍しく自分から積極的に相手の家まで行き(↑これはちょっと怖いですけど)、トゲにひっかかるのも気にせずに、慌てふためいて帰るおばちゃんを想像するとなんだか憎めません。

そして、業平が家に来た時に、寂しさを訴える和歌を詠んで、同情させてまた共寝することに成功しています。当時の待つだけの奥ゆかしい女性像とは少し違い、積極的で素直な女性ですよね。おばちゃんだからこそできたのかもしれませんが、必死なところがかわいらしいおば（あ）ちゃんだな、と思ってしまいます。

もしかしたら業平も、そういうなりふり構わず一生懸命な姿にほだされたのかもしれませんね。

原文

昔、世心《よごころ》つける女、いかで心情けあらむ男にあひ得《え》てしがなと思へど、いひいでむもたよりなさに、まことならぬ夢がたりをす。子三人《みたり》を呼びて語りけり。ふたりの子は、情けなくいらへてやみぬ。三郎《さぶろう》なりける子なむ、「よき御男ぞいで来む」とあはするに、この女、けしきいとよし。こと人はいと情けなし。いかでこの在五中将《ざいごちゅうじょう》にあはせてしがなと思ふ心あり。狩《かり》し歩《あり》きけるにいきあひて、道にて馬の口をとりて、「かうかうなむ思ふ」といひければ、あはれがりて、来て寝にけり。さてのち、男見えざりければ、女、男の家にいきてかいまみけるを、男ほのかに見て、

百年《ももとせ》に一年《ひととせ》たらぬつくも髪われを恋ふらしおもかげに見ゆ

とて、いで立つけしきを見て、うばら、からたちにかかりて、家にきてうちふせり。男、かの女のせしやうに、忍びて立てりて見れば、女嘆きて寝《ぬ》とて、

さむしろに衣《ころも》かたしき今宵もや恋しき人にあはでのみ寝む

とよみけるを、男、あはれと思ひて、その夜《よ》は寝にけり。世の中の例として、思ふをば思ひ、思はぬをば思はぬものを、この人は思ふをも、思はぬをも、けぢめ見せぬ心なむありける。

現代語訳

昔、男好きの女が、なんとかして情の深い男と深い仲になりたいと思うが、言いだすついでがないので、作り話の夢語りをする。子供を三人呼んで語った。二人の子は、そっけなく答えて終わった。三男であった子は、「きっとよい男の人が現れるでしょう」と夢解き〔＝夢の吉凶を判断すること〕をしたので、この女は、機嫌がよい。（三男は）他の男

はまったく情愛がない。なんとかしてあの在五中将（＝在原業平）に逢わせたいと思う心がある。（そこで、業平が）狩りをして歩き回っているところに行き合って、道で馬の口をとって、「これこれと思う」と言うと、（業平は）同情して、やって来て一緒に寝た。その後、男が来なくなったので、女は、男の家に行って物の隙間からのぞくと、男がちらっと見て、

百年に一年足りない老婆が、私を恋うているらしい。面影に見える。

と詠んで、出発する様子を見て、（女は）茨《いばら》や、枳殻《からたち》のトゲにひっかかって、（慌てて）家に戻って横になった。男は、この女がしたように、こっそり立って見ると、女は嘆いて寝ようとして、

敷物に衣の袖を敷きながら、今宵も恋しい人に逢えないで一人でむなしく寝るのだろうか。

と詠むのを、男は、気の毒に思って、その夜は一緒に寝た。男女の仲の通例としては、自分が愛しく思う人を思い、そうでない人は思わないものだが、この人（＝業平）は愛しい

……人も、そうでない人も、区別しない心を持っていた。

ワンポイントレッスン

「てしがな」とは

原文の出だしに「男にあひ得てしがな」とありますが、「てしがな」は自己願望の終助詞です。「にしがな」も同じく自己願望の終助詞なので、「てしがな」と「にしがな」、セットで覚えておくとよいですね。

ちなみに、「ばや」も自己願望の終助詞で重要です。「てしがな・にしがな」と「ばや」の違いは、「てしがな・にしがな」のほうが願望の度合いが強いのです。

よって、「男をゲットしたいぃぃぃーーーっ!!!」という強い強い願望なのです。

六五 「在原なりける男」ん？ これってオレか？

【超現代語訳】

昔、帝がお気に召した女性がいて、普通の人は着てはいけない青や赤色の服を着ていたんだ。女が、青や赤色を着られることは、すごいことなんだ。帝がお許しになった人だけが着られる色だよ。その女性は帝のお母様のいとこだったのさ。

この女性が、殿上《てんじょう》の間に仕えていた、まだ若い男と知り合いで、親しくつき合っちゃったんだよね。この「まだ若い男」っていうのが、実はオレのことなんだ。「在原なりける男」なんて書かれちゃって、名前もバレてるんだもんな、いやはやまいったな。

この女性？ そりゃ、高子《たかいこ》様さ。帝は清和《せいわ》天皇、そのお母様は明子《あきらけいこ》様で、高子ちゃんのいとこって話は前にしたよね？

それでさ、オレ、女房たちがいる場所に出入りすることを許されていたんだよね。だから、高子ちゃんがいるところにも行って、向かい合って座ったりしてたのさ。

でも、高子ちゃんは「何考えてるの⁉ ありえないわ。このままじゃあなたも私も破滅してしまうわ。こんなことはしないで」って言うんだ。だから、オレはこう詠んだよ。

君のことが好きなんだ。逢いたいんだ。我慢しようとしても、もうどうにもならないんだ。こらえようとしても、君を好きな気持ちには負けてしまうのさ。だからね、君と逢えるのならば、別に僕はもうどうなってしまってもかまわないのさ。

それなのに、高子ちゃんは自分の部屋に下がってしまうんだよね。でも、オレはそんなことにはめげないぜ。人が見ていようが、いつも高子ちゃんの部屋に入り込んで座ってたのさ。そしたら、高子ちゃん、とうとう実家に帰っちゃって。ちょっとオレ、やりすぎちゃったかな。

でもね、それってかえって都合がいいだろ？ だから、オレは高子ちゃん家《ち》に何度も行ったのさ。周りの人間は、それを聞いてみんな笑ってたけどね。

早朝に宮中にこっそり帰ってきては、靴を奥のほうに投げ込んで、宿直当番だったかのようにして殿上に上がったりしてたなぁ。

こんな感じで過ごしてたんだけど、たしかによくはないよね、本当にこのままじゃ官職も失うだろうし、やっぱ破滅一直線だろ？　だから、「神様仏様、どうか僕のこのどうしようもない心にブレーキをかけてください」って祈ってはみたんだよね。でもさ、想いはますます募るばかりで、好きで好きでたまんないんだよな……。

そこで、今度は陰陽師《おんようじ》や神巫《かんなぎ》っていう呪術師の類かな、それを呼んで、「恋なんてしない」っていうお祓いをしてもらおうとして、御手洗河《みたらし》に行ったんだよね。お祓いしてもらっていたら、ますます悲しくなってきて、以前よりもっと恋しくてさ、どうなってんだよ⁉

「もう恋なんてしない」と御手洗河でしたみそぎを、神様は受けてくれなかったんだなぁ。

そう歌を詠んで、帰ったのさ。

清和天皇はイケメンで、信心深くて、さらにイケボ〔注：「イケてるボイス」＝声が素敵の略」。だから、高子ちゃんは「こんなに素敵な帝なのに。ああ、でも、前世からの運命なのね。業平に心奪われてしまうなんて」と泣いてたな。

そうこうしているうちに、さすがにバレるよね。帝がオレと高子ちゃんのことを聞いてしまったんだ。遅いっちゃ遅いくらいだったかも。あんなに好き放題してたもんな、オレ。オレは流罪《るざい》になってしまった。そして、いとこでもある帝のお母様が高子ちゃんを宮中から追い出して、蔵に閉じ込めて折檻《せっかん》さ。高子ちゃんは泣いてこう詠んだらしい。

海人《あま》が刈る藻に住む虫の「ワレカラ」、その「ワレカラ」ではないけれど、私も「自分のせいで」と思って泣いています。あの人との仲は恨んではいないわ。こうなるのも、それも宿命。

それを聞いたオレがじっとしてると思う？　無理だね。毎晩流された先からこの蔵にやってきて、さすがに中には入れないけど、笛を吹いたり、歌を歌ったりして慰めたんだ。高子ちゃんにもちゃんと聞こえていたみたいだよ。オレが来ていることはわかってたんだ。顔を見ることはできなかったけどね。でも、高子ちゃんはこう思ってたんだ。

「そうはいってもいつかは逢える」、きっとあの人はそう思っているはず。それが悲しいの。生きているとは言い難い今の私の姿を知らないのに……。

高子ちゃんがそんなことを思っているなんて、オレは気づいていなかった。オレは逢えなくて、だから笛を吹いたり、歌を歌ったりをとにかく繰り返し、流された場所に戻ってはこう歌っていたのさ。

行っては無駄に終わってしまうけど、それでも、高子ちゃんに逢いたい気持ちでいっぱいになって、じっとしていられないんだ。

さあ、今日も行くか。逢いたいよ、高子ちゃん――。

★『伊勢物語』最長の段です

原文では、冒頭の「おほやけ（＝帝）」が清和天皇であることと、「大御息所《おおみやすんどころ》（＝帝の生母）」が染殿《そめどの》の后（＝明子）であることは、最後に種明かししています。また、【超現代語訳】の中で業平本人にも言わせましたが、殿上の間にお仕えしていた男のことは「在原なりける男」とはっきり書かれています。

この「女」が二条の后や高子などの表記はどこにもないのですが、以上のことから、高子であることは明らかですね（史実かどうかは別として）。ただし、最後の最後に「大御息所」が、「（染殿の后ではなく）五条の后とも」いうとあり、そうすると、高子はいとこではなく、姪になるため、「？」となってしまいますが。

他にも、業平と高子の年齢を考えると、なんだかおかしな感じですよね。この段の中では、「まだ若い男」である業平と入内した高子が知り合いのようになっています。業平と高子の年の差って、たしか業平のほうが17歳年上なのです。そして、高子は清和天皇よりも8歳年上で、入内したのは高子が25歳の時でした。よって、この話が、高子が入内してまもなくとしても、業平は42歳です。どう考えても若くはありません。ですが、この中の高子は、どちらかというと業平よりも年上のような感じさえします。

また、業平が流罪になったとありますが、室町時代に一条兼良《かねよし》が書いた『伊勢物語愚見抄《ぐけんしょう》』の中に「業平が流罪になったということは国史には見えない」とあります。しかも、流された国から毎晩都へ来るなんて絶対無理でしょう。

このように、この段はツッコミどころがいろいろとあるのですが、業平が高子のことをどうしようもなく好きだったことは伝わってきますね。鎌倉時代に書かれた『和《わ》歌知顕集《かちけんしゅう》』という『伊勢物語』の注釈書には、**業平が関係を持った女性の数は3733人**（！）だと書かれています。それはオーバーかもしれませんが、史実は無視して『伊勢物語』の中で考えるならば、たくさんの女性に優しく、モテモテであった業平が、生涯忘れられずに本気で愛した女性は高子なのでしょうね。

原文

昔、おほやけ思《おぼ》してつかう給ふ女の、色ゆるされたるありけり。大御息所《おおみやすんどころ》とていますがりけるいとこなりけり。殿上《てんじょう》に候《さぶら》ひける在原なりける男の、まだいと若かりけるを、この女あひしりたりけり。男、女がたゆるされたりければ、女のある所に来てむかひをりければ、女、「いとかたはなり。身も亡《ほろ》びなむ、かくなせそ」といひければ、

思ふにはしのぶることぞまけにけるあふにしかへばさもあらばあれ

といひて、曹司《ぞうし》におり給へれば、例の、このみ曹司には、人の見るをも知らでのぼりゐければ、この女、思ひわびて里へゆく。されば、なにの、よきこと、と思ひて、いき通ひければ、みな人聞きて笑ひけり。つとめて主殿司《とのもづかさ》の見るに、沓《くつ》はとりて、奥になげ入れてのぼりぬ。

かくかたはにしつつありわたるに、身もいたづらになりぬべければ、つひに亡《ほろ》びぬべし、とて、この男、「いかにせむ、わがかかる心やめ給へ」と、仏神《ほとけかみ》にも申しければ、いやまさりにのみおぼえつつ、なほわりなく恋しうのみおぼえければ、陰陽師《おんようじ》、神巫《かんなぎ》よびて、恋せじといふ祓《はら》への具《ぐ》してなむいきける。祓へけるままに、いとど悲しきこと数《かず》まさりて、ありしよりけに恋しくのみおぼえければ、

恋せじとみたらし河《がわ》にせしみそぎ神はうけずもなりにけるかな

といひてなむいにける。

この帝は、顔かたちよくおはしまして、仏の御名を御心に入れて、御声はいと尊くて申し給ふを聞きて、女はいたう泣きけり。「かかる君に仕《つか》うまつらで、宿世《すくせ》つたなく、悲しきこと、この男にほだされて」とてなむ泣きける。かかるほどに、帝聞こしめしつけて、この男をば流しつかはしてければ、この女のいとこの御息所《みやすどころ》、女をばまかでさせて、蔵《くら》にこめてしをり給うければ、蔵にこもりて泣く。

あまの刈る藻にすむ虫のわれからと音《ね》をこそ泣かめ世をば恨みじ

と泣きをれば、この男、人の国より夜《よ》ごとに来つつ、笛をいとおもしろく吹きて、声はをかしうてぞ、あはれにうたひける。かかれば、この女は蔵にこもりながら、それにぞあなるとは聞けど、あひ見るべきにもあらでなむありける。

さりともと思ふらむこそ悲しけれあるにもあらぬ身を知らずして

と思ひをり。男は、女しあはねば、かくし歩《あり》きつつ、人の国に歩きて、かくうたふ。

いたづらにゆきては来ぬるものゆゑに見まくほしさにいざなはれつつ

水《みず》の尾《お》の御時なるべし。大御息所《おおみやすんどころ》も染殿《そめどの》の后なり。五条の后とも。

現代語訳

昔、帝が寵愛して召し使われた女で、禁色《きんじき》を許された女がいた。大御息所としていらっしゃった方の従妹《いとこ》であった。殿上に仕えていた在原という男で、まだたいそう若かった男を、この女は親しんでいた。男は、女房の詰所に出入りを許されていたので、女のところに来て向かい合って座っていたので、女が、「とても見苦しい。二人とも身の破滅になるから、こんなことはしないで」と言ったので、(男は)

あなたに逢うのを我慢しようと思っても、慕う心に負けてしまいました。あなたに逢うことに代えれば、どうなってもよい。

と言って、(女が)自分の部屋に戻ると、いつものように、このお部屋に、人が見ているのを知らないでのぼって座っているので、この女は、困って実家に行く。すると(男は)、なんと、都合のよいことだ、と思って、（女の実家に）通って行ったので、人々は皆聞いて笑った。早朝に宮中の掃除係の役人が見ると、（男は）靴を手にとって、奥に投げ入れて昇殿したのだった。

このように見苦しいことをしながら過ごしているうちに、自分も無用の者になりそうなので、最後には破滅してしまうだろう、と思って、この男は、「どうしよう、私のこのような心を静めなさいませ」と、神仏にも申し上げたが、思いがますます募るのを覚えて、やはりどうしようもなく恋しくのみ思えたので、陰陽師や神巫《かんなぎ》を呼んで、恋はすまいというお祓いの道具を持参して（河原に）行った。お祓いをするにつれて、ますます愛しいと思う心が募ってきて、以前よりもいっそう恋しく思われたので、

恋はすまいと御手洗河でしたみそぎを、神は受け入れてくださらなかったなあ。

と詠んで帰った。

この帝は、容貌が美しくいらっしゃって、仏の御名《みな》を御一心に、お声はたいそう尊く唱え申し上げなさるのを聞いて、女はたいそう泣いた。「このような帝にお仕え申し上げないで、前世からの因縁がつたなく、悲しいことに、この男〔＝業平〕の情にほだされて」

と言って泣いた。そうこうするうちに、帝が（このことを）お聞き及び、この男を流罪におやりになったので、この女の従姉の御息所が、女を（宮中より）退出させて、蔵に閉じ込めて折檻《せっかん》なさったので、蔵にこもって泣く。

海人が刈る藻に住む虫のワレカラのように、「私ゆえ」と思って声を上げて泣こう。あの人との仲を恨むつもりはない。

と泣いていると、この男は、流された他国から毎晩やってきては、笛をたいそう趣深く吹いて、声は風趣があって、しみじみと歌った。こうなので、この女は蔵にこもりながら、男がいるようだと聞いていたが、お互いに顔を見ることもできなかった。（女は）

そうはいっても逢えると（あの人は）思っているだろうことが悲しい。生きているとも言えないわが身の境遇を知らないで。

と思っている。男は、女が逢わないので、このようにして歩き回っては、流された国に戻って、このように歌う。

むなしく行っては帰ってくるが、逢いたい気持ちに誘われることよ。

清和天皇の御時であろう。大御息所とは染殿の后である。五条の后とも(言われている)。

ワンポイントレッスン

「みそぎ」とは

穢《けが》れを払うためや神事を行う前に、河原に出て、水で心身を清めることです。

六九（1） 神の妻でも気にしない♡ 禁断の恋は燃えるよね

【超現代語訳】

昔、オレが、伊勢の国（現・三重県）に狩りの使いに行ったんだ。これ、勅使《ちょくし》といって、天皇の使者として行くのさ。

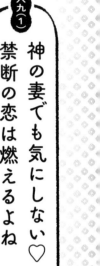

でさ、伊勢といえば、伊勢神宮だよね。その伊勢神宮に仕える斎宮《さいぐう》だった人の親が、「いつもの勅使よりも、この人のことをよくおもてなししなさい」って言ってくれたみたいなんだ。あ、斎宮ってのは、天皇の代わりに伊勢神宮にお仕えする未婚の皇女、または女王のことで、神の妻のようなものなんだ。だから、未婚ね。で、この斎宮は親の言うことをきちんと守って、オレのことをそれはもう心を込めてもてなしてくれたのさ。

朝には狩りに送り出してくれて、夕方に帰ってきたら、斎宮もいる殿舎に泊めてくれたんだよね。熱心だろ？

あれは二日目の夜だったかなぁ、オレが、ちょっと強引なんだけど「逢おうよ」って誘ったら、女もけっこうその気な感じでさ。さすがに人目が多い時にはまずいけどね、なんてったって相手は斎宮だし。神の妻に手を出すとか、普通ならまずありえないからね。でも、神の妻だろうが、オレには知ったこっちゃない。しかも、オレは正使なので、他の使いと違って、斎宮の寝所とそんなに離れてないんだ。こんなチャンスをみすみす逃すオレではない。

人が寝静まった午後11時〜11時半くらいの間かな、なんと斎宮ちゃんのほうからオレの寝所にやって来たんだぜ。なんて大胆な斎宮ちゃんなんだ！　オレも「いつ頃行こっかな」なんて考えていたから寝られなくて、外を見ながら横になってたんだよね。おぼろげな月の光の中で、小さい召使いの童女《わらわめ》が前に立っていて、その後ろに人、そう、斎宮ちゃんが立っていた時の驚きとうれしさといったらなかったぜ。

もちろん、オレは自分の寝所に招き入れて、それから午前2時半くらいまで一緒に過ごしたんだ。いい感じだろ？　なのに、斎宮は深い仲になる前に自分の寝所に帰っちゃったんだ。なぜなんだ!?　オレは、悲しいし悶々《もんもん》として、そこから一睡もできなかったよ。翌朝、気になって仕方がないけど、オレのほうから使いをやるわけにもいかないし、斎宮がどう出るのかをじれったい気持ちで待っていたら、夜が明けてしばらく経ってから、やっと斎宮から歌だけ贈ってきたのさ。

昨夜はあなたが来てくれたのでしたっけ？　私が行ったのでしたっけ？　なんだかはっきり覚えてないの……。あれは夢？　それとも現実？？　寝てたのか目覚めてたのか、わからないの――。

マジかよ。もう涙が出てきちゃうぜ。

★最大のタブーを犯す業平と斎宮

斎宮は、【超現代語訳】にも書いた通り、伊勢神宮で神に奉仕する未婚の皇女か女王のことで、巫女のトップです。未婚（処女）で神にお仕えするので、神の妻のようなものです。ですから、**人間の男の手つきとなった者には務まらず、また、斎宮となったならば、その期間に男性と関係するなんてもってのほか。**斎宮退位後に結婚することも珍しく、多くの元斎宮は独身を貫いたり、または、出家をしたりして余生を過ごしたようです。

そう考えると、この段の斎宮の振る舞いは大問題!! もちろん誘った業平も異常なのですが、それに応じて自分から業平の寝所へ行った斎宮のほうもどうかと思います。

この斎宮は、もしかしたら斎宮になんかなりたくなかったのかもしれませんね。普通に恋愛をして、いや、皇女ですから普通にはできなかったのかもしれませんが、それでも人間の男性と恋愛をしたかったのでしょう。ですが、誰も自分のことを女性として見てくれない。そりゃそうです、斎宮ですから。でも、業平は違ったんですね。こんな自分に「逢おう」って言ってくれた。しかもイケメン。こんなチャンスは二度と来ない。行くしかない!となったのかな、なんて想像します。

ゴシップ好きは平安時代にも

ですが、どこかで一線を越えることにはためらいがあった……かどうかはわかりませんが、とりあえず、『伊勢物語』では、二人は一線を越えていないように書かれています。ただし、こんな説もあります。実は、この時、二人は結ばれ、このたった一夜の過ちで斎宮が懐妊してしまった――。前代未聞の不祥事です。焦った斎宮寮は、生まれた赤ん坊を、伊勢権守と斎宮頭を兼任している高階峯緒《たかしなのみねお》という人物の息子・高階茂範の養子とし、高階師尚《もろなお》と名付けた、という眉唾物の説も伝えられています。また、この斎宮が懐妊したのは本当だけど、相手は業平ではない、という説も。

事実はさておき、『伊勢物語』のこの段は、当時の人たちには、かなりのインパクトがあったのでしょう。この伊勢の段から『伊勢物語』という書名になったともいわれています。

業平本人は、ちょいちょい忘れた頃に「高子《たかいこ》ちゃん、高子ちゃん」って言ってますけど、そんなことよりも何よりも「えええっ!! 斎宮と!?」という、たった一回のこの話が衝撃だったのでしょうね（この段が最初にあったから、という説もありますが）。

ところで、この斎宮の親は、どうして今回の勅使（=業平）をいつもより大切にもてなすように言ったのでしょうか。そもそも、この斎宮って誰？ これらは次項で解説します。続きもお楽しみに！

原文

昔、男ありけり。その男、伊勢の国に狩《かり》の使《つかい》にいきけるに、かの伊勢の斎宮なりける人の親、「つねの使よりは、この人よくいたはれ」といひやれりければ、親の言《こと》なりければ、いとねむごろにいたはりけり。朝《あした》には狩にいだしたててやり、夕さりはかへりつつ、そこに来させけり。かくて、ねむごろにいたつきけり。二日といふ夜《よ》、男、われて「あはむ」といふ。女もはた、いとあはじとも思へらず。されど、人目しげければ、えあはず。使ざねとある人なれば、遠くも宿《やど》さず。女のねや近くありければ、女、人をしづめて、子一《ねひと》つばかりに、男のもとに来たりけり。男はた、寝られざりければ、外《と》の方《かた》を見いだしてふせるに、月のおぼろなるに、小さき童《わらわ》をさきに立てて人立てり。男、いとうれしくて、わが寝《ぬ》る所に率《い》て入りて、子一《ねひと》つより丑三《うしみ》つまであるに、まだ何ごとも語らはぬにかへりにけり。男、いとかなしくて、寝ずなりにけり。つとめて、いぶかしけれど、わが人をやるべきにしあらねば、いと心もとなくて待ちをれば、明けはなれてしばしあるに、女のもとより、詞《ことば》はなくて、

君や来《こ》しわれやゆきけむおもほえず夢かうつつか寝てかさめてか

現代語訳

昔、男がいた。その男が、伊勢の国に狩りの使いとして行った時に、この伊勢神宮に仕える斎宮であった人の親が、「いつもの使者よりは、この人を大切にもてなせ」と（斎宮に）言ったので、親の言いつけであったので、たいそう丁寧にもてなした。朝には狩りに送り出してやり、夕方に帰って来ると、自分の殿舎に来させた。こうして、親切に世話をした。二日目の夜、男が、強引に「逢おう」と言う。女もまた、それほど逢うつもりはないとも思っていなかった。そうではあるが、人目があるので、逢うことができない。（男は）正使なので、離れた場所にも泊めない。女の寝床に近かったので、女は、人が寝静まってから、午後11時から11時半くらいに、男のもとにやってきた。男もまた、寝られなかったので、外の方を見ながら臥せっていたが、月の光がおぼろげな中に、小さな童を先に立てて人が立っている。男は、とてもうれしくて、自分の寝床に導き入れて、午後11時から午前2時半頃まで一緒にいたが、まだうちとけて語らい合わぬうちに（女は）帰ってしまった。男は、たいそう悲しくて、その後眠れなかった。翌朝、気がかりだったが、こちらから使いを出すことができなかったので、たいそう待ち遠しく思っていると、夜が明けてしばらくして、女のもとから、言葉はなくて（歌だけが贈られた）、あなたが来たのか、私が行ったのかわかりません。夢なのか、現実なのか、寝ていたのか、目覚めていたのか。

・・・・・・・・・・・・・・・・・

ワンポイントレッスン

「丑三つ《うしみ》」とは何時？

昔は十二支で時刻を表していました。「2×（N－1）」の公式を覚えておくと便利です。

Nには十二支の順番を入れます。「丑」は2番目なので2×（2－1）＝2で、「丑の刻」は午前2時。

十二支の後ろに「丑三つ」など数字（一つ～四つ）が付いている場合は、先ほどの公式の答えを「±1」します。丑であれば1と3です。丑の刻は、正確には午前1時～3時の2時間を指すのです。数字付きなら、その2時間を30分ずつ刻みます。

丑一つは午前1時～1時半、丑二つは1時半～2時、丑三つは2時～2時半、丑四つは2時半～3時です。

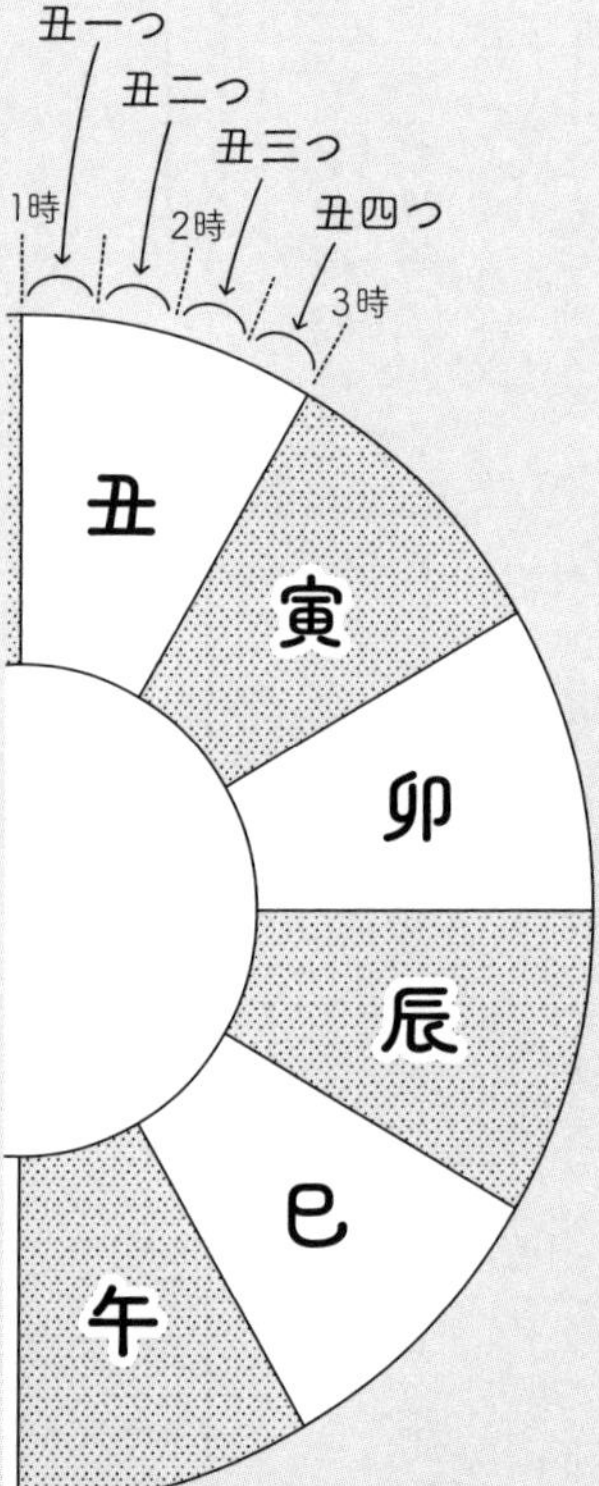

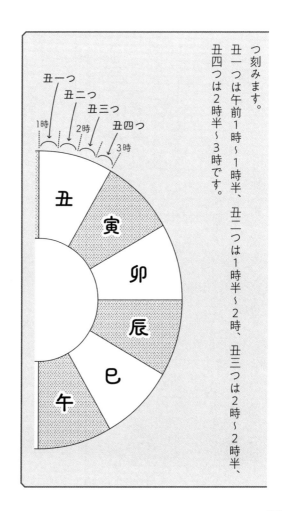

六九(2) 酔っ払いのオッサンたちに囲まれて血の涙を流すオレ

【超現代語訳】

斎宮から昨夜のことはなかったかのような歌が届けられてしまったオレは、泣いてこんな返事を詠んだのさ。

僕の心は悲しみに乱れてしまって、分別がつかないよ。夢だったのか現実だったのかは、今晩もう一度来て、君が決めておくれ。

そう返事をして、オレはひとまず狩りに出かけたんだ。まあ、上の空だよね。まともに狩りなんてできやしない。「せめて今晩だけでも人が寝静まってから、早くあの子に逢いたいぜ」と、そんなことばっかり考えてたな。

なのにさ、なんであんなことになるかな。伊勢の国の守《かみ》で、斎宮寮の長官も兼任している人が「狩りの使いが来ている」と聞いてやってきてさ、一晩中宴会が開かれたんだ。これじゃ逢えるわけないよね。しかも、翌朝には尾張（現・愛知県）に旅立たなきゃいけないのに。なんでなんだよ、なんで最後の日に来るんだよ。オレはこっそり血の涙を流したけど、何しようが逢えないよね。

だんだん夜が明けようとする頃に、斎宮から出す盃の皿に、歌が書いてあったんだ。

徒歩で川を渡っても、裾が濡れないくらいの浅い縁だったので……。

上の句しか書いてなかったから、きっとオレに下の句を求めてるんだろうな。だからオレは、その盃の皿に松明《たいまつ》の炭で下の句を書き足したのさ。

また逢坂の関をきっと必ず越えましょう。また逢おうね。その時はきっと——。

夜が明けたので、オレは尾張の国へと旅立った。この斎宮ちゃんってのは、清和《せいわ》天皇の時の斎宮で、文徳《もんとく》天皇のお嬢様の恬子《やすこ》ちゃんさ。惟喬《これたか》の親王《みこ》の妹だよ。

★業平と恬子内親王との関係

恬子の親が今回の勅使〔＝業平〕をいつもより大切にもてなすように言ったのは、実は、**この二人、親類関係**だからです。恬子の母は静子という女性で、静子は紀名虎《きのなとら》の娘です。名虎の息子に有常《ありつね》がいます。

紀有常、覚えていますか？　十六段に出てきた業平の義父ですね（115頁）。業平の義父と恬子の母が兄妹なのです。きっと、母親の静子が、「あら、今回の勅使は業平なのね？　兄さんの娘の夫だわ。恬子、しっかりおもてなししてあげてね」ってなところでしょうか。

そして、恬子の兄は惟喬親王。118頁でもお伝えしたように、惟喬親王は文徳天皇の第一皇子。皇太子になるはずでしたが、権力者である（当時）右大臣の藤原良房の娘・明子《あきらけいこ》が産んだ惟仁《これひと》親王が皇太子（後の清和天皇）となった話もその時にしましたね。惟喬は、大宰帥《だざいのそち》などを歴任した後、出家しています。業平の父、阿保《あぼ》親王も平城《へいぜい》天皇の第一皇子で、天皇になれる可能性もあった人物ですが、前に述べたように、「薬子《くすこ》の変」のせいでダメになりました（89頁）。業平もその影響で臣籍降下させられています。業平と恬子、なんとなく似ている二人の境遇が、共鳴してしまったのかもしれませんね。

また、惟喬親王は業平よりも19歳年下ですが、惟喬が出家する前から業平は親密にお仕えしています。業平にとっては、親しくしている惟喬親王の妹ちゃんであり、恬子にとっては、兄と仲良しのかっこいい大人の男性だったのでしょう。だとしても、斎宮に手を出すのも、斎宮から男性の部屋に行くのもタブー中のタブーですけどね！

原文

男、いといたう泣きてよめる、

かきくらす心のやみにまどひにき夢うつつとは今宵さだめよ

とよみてやりて、狩にいでぬ。野に歩《あり》けど、心はそらにて、今宵だに人しづめて、いととくあはむと思ふに、国の守《かみ》、斎《いつき》の宮《みや》の頭《かみ》かけたる、狩の使ありと聞きて、夜《よ》ひと夜《よ》、酒飲みしければ、もはらあひごともえせで、明けば尾張の国へたちなむとすれば、男も人知れず血の涙を流せど、えあはず。夜《よ》やうやう明けなむとするほどに、女がたよりいだす盃《さかずき》のさらに、歌を書きていだしたり。取りて見れば、

かち人の渡れど濡れぬえにしあれば

と書きて末《すえ》はなし。その盃のさらに続松《ついまつ》の炭《すみ》して、歌の末を書きつぐ。

またあふ坂《さか》の関《せき》はこえなむ

とて、明くれば尾張の国へこえにけり。斎宮は水の尾の御時、文徳《もんとく》天皇の御女《むすめ》、惟喬の親《み》王《こ》の妹。

現代語訳

男が、たいそうひどく泣いて詠んだ（歌は）、

真っ暗な心の闇に迷って、私もわからない。夢か現実かは今夜（私のところへ来て）決めよ。

と詠んで贈って、狩りに出た。野を歩き回るが、心はうつろで、せめて今夜だけでも人を静めて、早く逢いたいと思うが、国守で、斎宮寮の長官を兼ねた人が、狩りの使いがいると聞いて、一晩中、宴会を行ったので、まったく逢うこともできないで、夜が明けると尾張の国に出発する予定なので、男もひそかに血の涙を流すが、逢えない。夜が次第に明けようとする頃に、女の方から出す盃の皿に、歌を書いてよこした。手にとって見ると、

徒歩で川を渡っても濡れないほどの浅い縁なので。

と書いて下の句はない。（男は）その盃の皿に松明の炭で、歌の下の句を書き継いだ。

再び逢坂の関を越えて、また必ず逢おう。

と詠んで、夜が明けると尾張の国へ越えて行った。斎宮は清和天皇の御時で、文徳天皇の皇女で、惟喬の親王の妹（である）。

ワンポイントレッスン

「かち」とは

漢字で「徒歩」。「かちより」の形で出てくることが多く、「徒歩で」と訳します。「かち人」は「徒歩で行く人」ですね。

七十　どうか手引きをしておくれ

【超現代語訳】

昔、オレが、狩りの使いからの帰り道に、大淀《おおよど》の渡し場に泊まって、斎宮に仕える童女に歌を詠みかけたのさ。

海松布《みるめ》を刈る潟はどこなのだろうか。海に棹《さお》をさしてオレに教えてくれよ、海人の釣り船よ。

この和歌の本当の意味、わかってくれたかな？　オレが言いたいのはこっちね。

逢うことができる方角はどっちなのか。指し示して私を連れて行って、手引きをしておくれ。

和歌に込められた強烈な「心残り」

大淀は、斎宮寮の北側の海辺の地です。前段で業平は尾張に行くと言っていましたので、ここの渡し場から尾張に行くのでしょう。

この童女は、夜、斎宮と一緒に部屋まで来た童女だと思われます。**事情がわかっているこの童女に歌を詠み、また、この歌を斎宮に伝えてくれることを期待しているの**でしょうね。

和歌中の「みるめ」には、海藻の「海松布《みるめ》」と「見る目（＝逢うこと・深い仲になること）」が、「かた」には「潟」と「方（＝方角）」がかけられています。【超現代語訳】では二つの和歌に分けましたが、原文ではもちろん一つです。一見、海藻のことを詠んでいますが、裏には、手引きを頼みたいほど心残りだという気持ちが詠まれているのです。

原文

昔、男、狩の使《つかい》よりかへり来けるに、大淀《おおよど》のわたりに宿《やど》りて、斎《いつき》の宮《みや》のわらはべにいひかけける。

みるめ刈るかたやいづこぞ棹《さお》さしてわれに教へよあまのつり船

現代語訳

昔、男が、狩りの使いから帰ってくる時に、大淀の渡し場に宿泊して、斎宮に仕える童女に歌を詠みかけた。

海松布《みるめ》〈＝海藻〉を刈る潟《かた》はどこか。棹さして私に教えよ、海人の釣り船〈に乗っている人〉よ〈＝どこに行けば斎宮に逢えるか、手引きをしてくれ〉。

七一 オレと罪を犯したいって?ウエルカムだよ!

【超現代語訳】

昔、オレが、伊勢の斎宮のところに、帝のお使いとして行った時に、斎宮に仕えているナンパな女房が、個人的にこんな歌をオレに詠みかけてきたんだ。

この神聖な神社の垣根も越えてしまいそうだわ。ああ、もう、私、我慢ができない。斎宮に仕える身ではありながら、神の領域を越える罪を犯してしまいそう。宮廷から来たあなたに逢いたくてたまらないの。

女房だし、斎宮じゃないから、気遣う必要ゼロと見た。

オレが恋しいなら来て見たらいいのさ。恋は神が咎《とが》める道かい？　違うだろ？　神はきっと応援してくれるぜ、ベイビー、さあ、おいで！

三川

☆おいおい、ちょっと待て

斎宮やその女房、大丈夫か？　大丈夫なのか？　いや、きっとこれは例外中の例外で、多くの斎宮やその女房は真面目に働いていたはずですし、斎宮の務めをきちんとしていたはずです。たまたまでしょう。それか、神に仕える斎宮や、その女房たちを惑わすくらい、業平が魅力的な男性だったということなのかもしれません。

ただ、**「業平よ、斎宮だけじゃなかったんかい！」**となりますね。しかも、思いっきりウエルカムで、相手の立場を一ミリも考えていないような返歌をしています。業平に対しても「おいおい、ちょっと待て」です。

原文

昔、男、伊勢の斎宮に、内の御使にて参れりければ、かの宮に、すきごといひける女、わたくしごとにて、

ちはやぶる神のいがきも越えぬべし大宮人《おおみやびと》の見まくほしさに

男、

恋しくは来ても見よかしちはやぶる神のいさむる道ならなくに

現代語訳

昔、男が、伊勢の斎宮に、帝の勅使として参上したところ、その御所で、色好みなことを言ってきた女房が、自分自身のこととして、

神の斎垣《いがき》を越えてしまいそう。宮廷人のあなたに逢いたくて。

男が、（返歌として）

恋しいならば来て見ればよい。神が諫《いさ》める道ではないのだから。

……………

ワンポイントレッスン

「ちはやぶる」は

「神」を導く枕詞です。枕詞とは、通常五音で、特定の語を導く言葉。枕詞は訳す必要はありません。

【その他の重要な枕詞と導く語】

・「あしひきの」は「山・峰・岩」など「山」系の語
・「ひさかたの」は「月・光・天・空」など「天空」系の語
・「ぬばたまの」や「うばたまの」は「夜・髪」など「黒」系の語
・「たらちねの」は「母」

4章

翁・業平の追憶と晩年の日々編

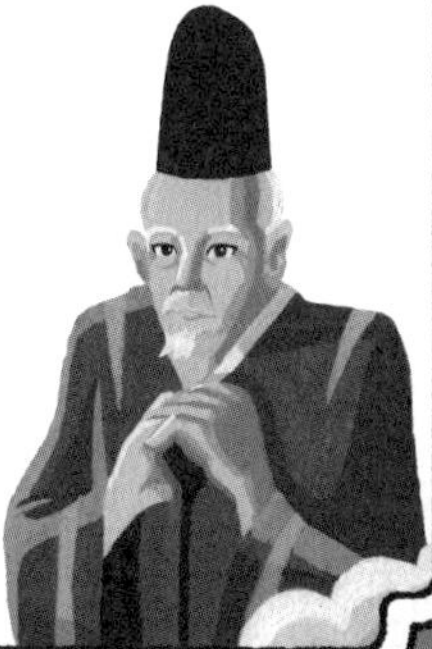

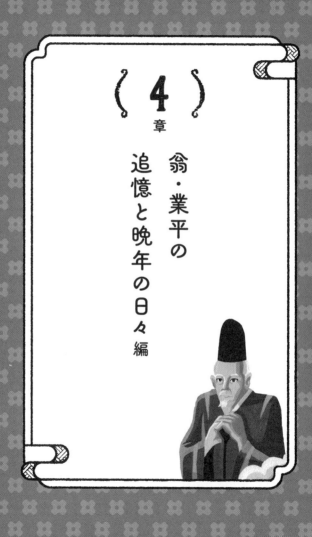

【4章がよくわかる人物系図】

※数字は天皇の代数

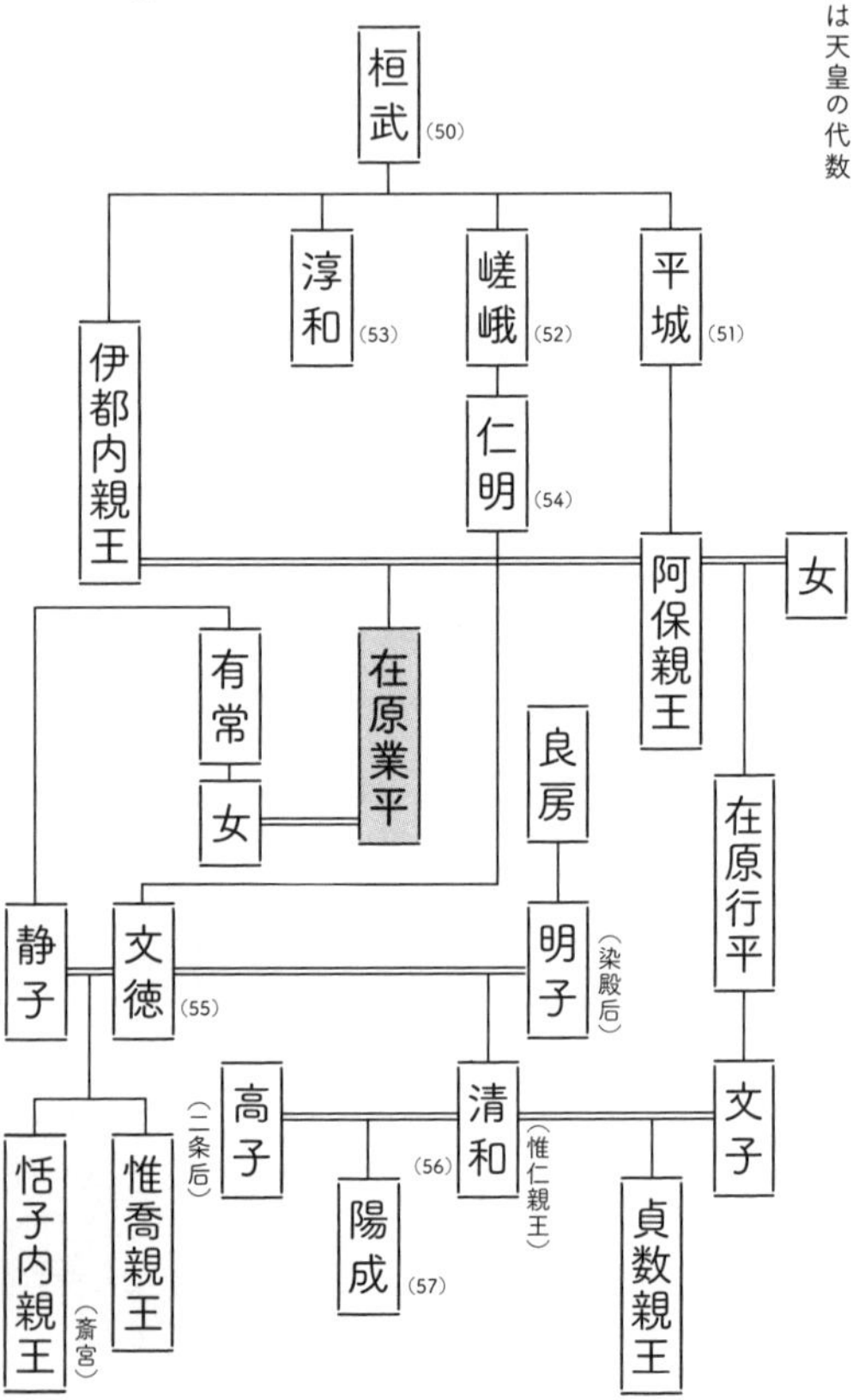

七六 オレも年取ったもんだ

超現代語訳

昔、二条の后・高子《たかいこ》様が、まだ皇太子の母というお立場の頃、氏神である大原野神社に参拝なさった時に、近衛《このえ》府《づかさ》にお仕えしていた翁《おきな》が——あ、これ、オレのことね。オレも気づけばいい年齢になったもんだな——でね、お供の人々がご褒美をいただいていたんだけど、オレもそのついでに、高子様のお車からご褒美をいただいたのさ。お礼として、歌を詠んで差し上げたよ。

大原の小《お》塩山《しおやま》の麓《ふもと》に鎮座まします神も、高子様が参拝なさる今日は、はるか昔、神代《かみよ》の天孫降臨《てんそんこうりん》の時に、藤原氏の祖である天児屋《あめのこや》根命《ねのみこと》が瓊瓊《にに》杵尊《ぎのみこと》を守護したことを思い出していらっしゃるでしょうね。だって、藤原氏のご出身である高子様がいらしてるのだから。

この歌を、オレが心の中で悲しみを秘めながら詠んだ、なんてことがいわれているらしいんだけどね、さあ、どうだろうね……想像にお任せするよ。

☰☰☰☰☰☰☰☰☰☰☰☰☰☰☰☰☰☰☰☰☰☰☰☰☰☰

★業平が自称「おじいちゃん」

「翁」は「老人・おじいちゃん」の意味です。**自分のことを「翁」と呼ぶのは、この段が初めて**です。この頃、業平は45~52歳。現在だと、まだまだこれからの年齢ですが、当時は「おじいちゃん」と言ってもおかしくはないのです。

さて、業平が詠んだ和歌ですが、表面上は神話を持ち出しています。ですが、本当は、高子に、「自分との昔の関係を、きっと思い出してくれていますよね」と詠みかけていると考えられています。ですから、最後に「内心は、昔を思い出して切なくなっていたのではないか、どう思っていたのだろう」と書かれているのです。

大原野神社は「京春日」ともいわれ、藤原氏の氏神・奈良の春日大社のご分社です。『源氏物語』の作者である紫式部も、大原野神社を氏神と崇《あが》め、とってもお気に入りの場所でした。鹿が神の使いで、現在でも鹿のイラストが入ったおまもりや御朱印帳、木彫りの神鹿《しんろく》が巻物のおみくじを口にくわえている「神鹿みくじ」などたくさんあり、中でも「神鹿縁結び土鈴」がめちゃくちゃかわいい……あ、すみません、個人的趣味が入ってきたので、ここまでにしておきます。

興味がある方は、是非「大原野神社」のホームページをご確認ください(回し者ではございません)。紅葉の参道や千眼桜《せんがんざくら》などの美しい写真も見られますよ。

原文

昔、二条の后の、まだ春宮《とうぐう》の御息所と申しける時、氏神にまうで給ひけるに、近衛府《このえづかさ》に候《さぶら》ひける翁、人々の禄賜《ろくたまわ》るついでに、御車より賜りて、よみて奉りける。

大原や小塩《おしお》の山も今日こそは神代《かみよ》のこともおもひいづらめ

とて、心にもかなしとや思ひけむ、いかが思ひけむ、知らずかし。

現代語訳

昔、二条の后が、まだ春宮の母である女御と申し上げた時に、氏神に参詣なさったところ、近衛府にお仕えしていた翁（＝業平）が、人々が褒美をいただくついでに、（后の）車から褒美を賜ったので、詠んで差し上げた。

大原の小塩山にいらっしゃる神様も、今日は神代のことを思い出しているでしょう。

と詠んで、（翁は）心で悲しいと思ったのだろうか、どのように思ったのだろうか、それはわからない。

七九 え、オレの隠し子じゃないかって？

【超現代語訳】

昔、オレの親族、在原氏の中で親王が生まれたんだよ！
オレのアニキ、行平《ゆきひら》中納言の娘の文子ちゃんが清和《せいわ》天皇の更衣《こうい》で、第八皇子の貞数《さだかず》親王を産んだのさ。産養《うぶやしない》のお祝いに、たくさんの人が歌を詠んでくれたんだぜ。
親王のじいちゃん側の人間である翁《おきな》、つまり、オレね、オレももちろん詠んだに決まってんじゃん！

我が家の門に、とてつもなく巨大な樹を植えたので、夏でも冬でも、その樹の陰に誰もが隠れられるね。そんなふうに、我が一族は親王のお陰様で、恩恵をこうむることができるよ。

ああ、なんてめでたいんだ。それなのに、世間では、貞数親王がオレの子だっていう噂でもちきりらしいんだよな。

オレ、もう51歳だしさ、大人の分別くらいあるわけよ。

清和天皇の更衣だぜ？　これ以上、清和天皇に恨まれたらきついって。

〓〓〓〓〓〓〓〓〓〓〓〓〓〓〓〓〓〓〓〓〓〓〓〓〓〓〓〓〓〓〓〓

✿だいぶアレンジしています

原文の冒頭は【超現代語訳】と同じく、在原氏の中に親王が生まれたことが書かれていますが、誰が産んだのかは最後に書かれています。ですが、個人的には「貞数は業平の子」という噂話がおもしろくて、そっちが際立つように、勝手に先に種明かしをする訳としました。そのほうが、「祖父側の翁」というのが「業平」だというのもわかりやすいですしね。

ただし、【超現代語訳】の最後の51歳だというところからの件《くだり》は、私の創作で、原文にはありません。

「さすがに姪には手は出さない」というような文言も入れたいところではありますが、それは現代の感覚であって（現代では、結婚は四親等以上離れたら可。たとえば「いとこ」は四親等でOKですが、「姪とおじ」は三親等でNGです）、当時は別におかしなことではありません（例：天智《てんじ》天皇の娘である持統《じとう》天皇は、天智天皇の弟・天武《てんむ》天皇の妻。つまり、「姪と叔父」の関係です）。

ただ、清和天皇の更衣ですからね、高子だけにとどまらず、文子にも手を出すことまでは、さすがにしないいんじゃないのかな、と、個人的には業平を信じたいところです。清和天皇を気遣っているだけではなく、もし、そんなことをすれば、高子の耳に入るはずなので、それは避けるのではないでしょうか。

原文

＝ 昔、氏のなかに親王《みこ》生まれ給へりけり。御産屋《うぶや》に、人々歌よみけり。御祖父がたなりける翁のよめる。

わが門《かど》に千尋《ちひろ》ある影を植ゑつれば夏冬誰《たれ》か隠れざるべき

これは貞数《さだかず》の親王、時の人、中将の子となむいひける。兄の中納言行平のむすめの腹なり。

現代語訳

昔、在原氏の中に親王が生まれなさった。産養《うぶやしない》のお祝いに、人々が歌を詠んだ。親王の御祖父側の翁〔＝在原業平〕が詠んだ（歌）。

我が家の門に大きな影を作る樹を植えたので、夏でも冬でも、誰がその影に隠れられないだろうか、いや、隠れることができる〔＝親王のおかげで、我が一族は恩恵をこうむることができる〕。

この親王は貞数の親王で、その頃の人々は、中将〔＝業平〕の子だと噂した。中将の兄の中納言行平の娘から生まれたのである。

ワンポイントレッスン

「植う」は

ワ行の動詞です。よって、「植え」ではなく「植ゑ」と表記します。受験生は押さえておきましょう。

八二　有名な和歌のオンパレードだよ

【超現代語訳】

昔、惟喬《これたか》親王という親王がいた。あ、ほら、伊勢の斎宮・恬子《やすこ》ちゃんのお兄さんだよ。でさ、水無瀬《みなせ》っていうところに離宮があったんだ。毎年、桜の時期にはそこにお出かけになるんだけど、その時に、いつもオレをお供として連れてってくれるんだよね。鷹狩はあんまりしないで、酒を飲んで歌を詠むのさ！　最高だぜ。

今は鷹狩をしようということで、水無瀬ではなく交野《かたの》に来ているんだけど、そこにある渚の院の桜がものすごく綺麗で、みんなで歌を詠んだよ。オレの歌はこれ。

世の中に桜がまったくなかったならば、春の心はのどかだったのにな。こんな綺麗な桜の花が、いつ散っちゃうのか気になって気になって心がせわしないよ。

オレの歌を聞いて、こんなふうに詠んだ人がいた。

散るからこそ、よりいっそう桜は素晴らしいんだよ！　このつらい世に何が永久にあるだろうか。永遠にあるものなんて、何もないんだよ、そう、この世はすべて無常さ――。

そうこうしているうちに日が暮れた。お供の人が従者に酒を持たせて、野の中から現れたんだ。宴会するのにピッタリなところへ行こうぜ！　ってことになって、天の河っていうところに着いた。

オレが親王にお酒をすすめたら、親王が「『交野で狩りをして、天の河に着いた』という題で歌を詠んでからだな」なんておっしゃるので、とりあえず歌を先に詠んだのさ。

日暮れまで狩りをして、今夜は織姫様に宿を借りよう。だって、「天の河」に私は来たのだから。

親王は、何度も何度もこの歌を口ずさんでいたけど、返歌ができなくってさ、オレのせいで親王が恥をかくことになったらどうしようってちょっと焦ってたら、紀有常《きのありつね》さんもお供に来てたんだけど（有常さんはオレの義父ね、覚えてた？）、有常さんが親王の代わりに返歌をしたんだ。ナイス、お義父《とう》さん！

織姫様は、一年に一度だけいらっしゃる人を待っているので、それ以外の人に宿は貸さないと思うよ？

そこでの宴会はお開きにして、一行は水無瀬に帰ったんだ。そこでも夜が更けるまで、また宴会さ。親王は酔ってしまって寝所に入ろうとしたから、オレはこう詠んだよ。

まだ満足できていないのに早くも月が山に隠れてしまおうとしているのかな？山の端が逃げて、月を入れないでほしいな。

月が何をたとえているかわかるよね？　そう、親王だよ。「まだ名残惜しいのに、親王は先に寝ちゃうんですか？　もっと一緒に楽しみましょうよ」ってことね。またまた親王の代わりに、義父が返歌をしてくれたよ。

全部の峰が平らになってほしいなぁ。山の端がなくなったら月も入れないからさ。でも、そんなこと無理だよね。だから、仕方ないさ、諦めておくれ。

★原文で味わいたい「名歌」の数々

【超現代語訳】では、五・七・五・七・七のリズムもまったく関係なく訳してしまっているのですが、**この段に出てくる和歌は、是非原文で味わっていただきたいです。**教科書や入試でもよく見かける和歌です。ここで詳しい文法の説明はさすがにしませんが、文法の参考書などでも例として見かけることも多くあると思われます。

一組目の「世の中に～」の和歌は、『古今和歌集』にも業平の和歌として収録されており、その詞書には「渚の院にて桜を見て詠める」とあり、状況も同じです。この和歌に対応している「散ればこそ～」の和歌は『古今和歌集』には載っていないため、後で創作したのだと思われます。

二組目の「狩りくらし～」と「一年《ひととせ》に～」の和歌も、それぞれ『古今和歌集』に業平と有常の和歌として収録されたもので、「狩りくらし～」の詞書には「惟喬の親王の供に狩にまかりける時、天の河といふ所の河のほとりにおりゐて、酒など飲みけるついでに、親王のいひけらく、狩して天の河原に至るといふ心を詠みて盃はさせ、といひければ詠める」とあり、これも同じですね。

三組目の「あかなくに～」は『古今和歌集』に業平の和歌として収録されているのですが、最後の「おしなべて～」の和歌は『後撰和歌集』に上野岑雄《かみつけのみねお》（伝不詳）の和歌（五句目が「月も隠れじ」）として収録されていて、まったく関係のない和歌なのです。『伊勢物語』の作者は、『古今和歌集』の和歌をもとにしてこの段を作り、最後に、本当は全然関係のない岑雄の和歌を有常の和歌としてそれっぽく入れたのです。

「古文ゆかりの地」案内

さて、文中に「交野《かたの》の渚の院」というのが出てきます。現在、大阪に交野市という市がありますが、この話の「交野」は交野市ではなく枚方市《ひらかた》です。現在でも枚方市に「渚院跡」があります。枚方市指定文化財ですが、今はもう石柱と案内板があるだけで、フェンスに囲まれていて鍵がかかっています（鍵を借りる方法は案内板に書かれていましたが、現在はないかもしれませんので、現地でご確認ください）。

「渚の院」の跡に観音寺というお寺ができましたが、そのお寺も今は廃寺となり、鐘《しょう》楼《ろう》と梵鐘《ぼんしょう》があるだけで、当時の美しかったであろう「渚の院」とはまったく違うはずです。もし、そこに行かれた際は、目に見えないはるか昔の風景に思いを馳せるのがいいでしょうね。

「天の河」も今も枚方市にあるのですよ（漢字表記は「天野川」です。弥生時代の頃は「甘野川」だそうです）。

枚方市と交野市は**「日本の七夕発祥の地」**ともいわれています（もともとのルーツは中国です）。「そんなこと聞いたことがない」という人もたくさんいらっしゃると思いますが、七夕伝説にゆかりのある川・橋・神社などがあったり、「星」がつく地名がけっこうあったり、枚方や交野にお住まいの方は、そう認識されている方も多くいらっしゃるのでは、と思われます（枚方市の「シティプロモーションムービー」に、七夕伝説を踏まえた動画があるくらいです)。川や星などの地名だけでなく、業平が「天の河」で詠んだ和歌も、その伝説の由来の一つです。

原文

昔、惟喬《これたか》の親王《みこ》と申す親王おはしましけり。山崎のあなたに、水無瀬《みなせ》といふ所に、宮ありけり。年ごとの桜の花ざかりには、その宮へなむおはしましける。その時、右の馬の頭《かみ》なりける人を、常に率ておはしましけり。時世《ときよ》経《へ》て久しくなりにければ、その人の名忘れにけり。狩はねむごろにもせで、酒をのみ飲みつつ、やまと歌にかかれりけり。いま狩する交野《かたの》の渚の家、その院の桜、ことにおもしろし。その木のもとにおりゐて、枝を折りて、かざしにさして、上、中、下、みな歌よみけり。馬の頭なりける人のよめる。

世の中にたえて桜のなかりせば春の心はのどけからまし

となむよみたりける。また人の歌、

散ればこそいとど桜はめでたけれ憂き世になにか久しかるべき

とて、その木のもとは立ちてかへるに日暮《ひぐれ》になりぬ。御供なる人、酒をもたせて、野よりいで来たり。この酒を飲みてむとて、よき所を求めゆくに、天《あま》の河《がわ》といふ所にいたりぬ。親王に馬の頭、大御酒《おおみき》参る。親王ののたまひける、「交野を狩りて、天の河のほとりに至る、を題にて、歌よみて盃はさせ」とのたまうければ、かの馬の頭よみて奉りける。

狩りくらしたなばたつめに宿からむ天の河原に我は来にけり

親王、歌を返すがへす誦《ず》じ給うて、返しえし給はず。紀の有常《ありつね》、御供に仕うまつれり。それが返し、

一年《ひととせ》にひとたび来ます君待てば宿かす人もあらじとぞ思ふ

帰りて宮に入らせ給ひぬ。夜ふくるまで酒飲み、物語して、あるじの親王、酔ひて入り給ひなむとす。十一日の月もかくれなむとすれば、かの馬の頭のよめる。

あかなくにまだきも月の隠るるか山の端《は》にげて入れずもあらなむ

親王にかはり奉りて、紀の有常、

おしなべて峰もたひらになりななむ山の端なくは月も入らじを

現代語訳

昔、惟喬の親王と申す親王がいらっしゃった。山崎の向こうに、水無瀬《みなせ》というところに、離宮があった。毎年の桜の花盛りには、その離宮にいらっしゃった。その時、右の馬の頭であった人（＝業平）を、常に連れていらっしゃった。それからずいぶんと時が経ったので、その人の名前は忘れた。狩りは熱心にしないで、酒を飲みながら、和歌作りに没頭した。今狩りをしている交野《かたの》の渚の家、その院の桜は、特に趣がある。その桜の木の下に馬から下りて、枝を折って、髪飾りにして、どの位の人も、皆歌を詠んだ。馬の頭だった人が詠んだ（歌）。

世の中にまったく桜がないならば、春の心はのどかだろうに。

と詠んだ。もう一人の人の歌は、

散るからますます桜の花は素晴らしい。このつらい世に何がいつまでもとどまってい
るだろうか、いや、何もとどまらない。

と詠んで、その桜の木の下を立ち去って帰るうちに日が暮れた。お供の者が、部下に酒を持たせて、野から出て来た。この酒を飲もうと言って、いい場所を求めて行くうちに、天の河というところに着いた。親王に馬の頭が、酒を差し上げる。親王がおっしゃることには、「交野で狩りをして、天の河に着く、を題にして、歌を詠んで盃を交わし合え」とおっしゃったので、この馬の頭が詠んで差し上げた。

狩りをして日を暮らし、織女に宿を借りよう。天の河に私は来たよ。

親王が、歌を繰り返し誦じなさったが、返歌をなさることができない。紀有常が、お供をしていた。その有常が返歌として、

一年に一度いらっしゃる方を待っているので、宿を貸してくれないだろうと思う。

(親王は水無瀬に)帰って離宮にお入りになった。夜が更けるまで酒を飲み、話をして、

主人の親王は、酔って寝所に入りなさろうとする。十一日の月も隠れようとするので、あの馬の頭が詠んだ（歌）。

名残惜しいのに早くも月が隠れるのか。山の端が逃げて、月を入れないでほしい（＝まだ名残惜しいので、親王は寝所に入らないでほしい）。

親王に代わり申し上げて、紀有常が、

すべて峰も平らになってほしい。山の端がないならば月も入らないだろうよ。

ワンポイントレッスン

「あらなむ」「ななむ」の「なむ」は

「あらなむ」の「あら」はラ行変格活用動詞「あり」の未然形で、「ななむ」の「な」は完了の助動詞「ぬ」の未然形です。未然形にくっつく「なむ」は、他者願望の終助詞で「～してほしい」と訳します。

八三 ひと言相談してくれてもよかったのに！

【超現代語訳】

昔、三月下旬、惟喬《これたか》の親王が、いつものように水無瀬《みなせ》で鷹狩をなさるお供として、オレもお仕えしたんだ。数日経ってから、京都の親王の宮殿に帰るということになり、オレは「お見送りをしてさっさと帰ろ♪」って考えてたんだよね。そしたら、親王はお酒や褒美をくださって、なかなかオレを帰らしてくれないんだ。「帰っていいよ」って早く言ってくれないかなぁなんて思って、こんな歌を詠んだのさ。

私は、枕にするために草を結ぶ旅寝のような、仮寝をするつもりはありませんよ。だって、今は春の短夜です。秋の夜のように長さを頼りにして、ゆっくりすることさえできないのですから。

これね、「今日は宿直《とのい》する気はないですよ。家で寝たいので帰らしてください～」って、暗に伝えたつもり。でも、親王は結局オレを帰してくれなくて、徹夜することになったのさ。

こんなふうに、けっこう親しくお仕えしてたんだよ、オレ。なのに、びっくりすることに、親王が出家されたんだ!! 普通にこうやってお仕えしていたから、「まさか!」って予想外だったよ。

親王が出家した翌年のお正月に、ご挨拶に伺おうと思って、親王がいらっしゃる小野に行ったんだ。比叡山の麓なので、雪がものすごく降ってたよ。僧になった親王の庵室《あんしつ》を訪ねると、親王、すっごく暇そうでさ、なんとなく悲しそうだし、昔の思い出話とかしてたら、気づけばけっこう長居してしまっていたんだ。そのままそばでお仕えしていたいと思ったけど、オレは朝廷の仕事もあるし無理でさ、結局夕方に帰ることにしたよ。

親王が出家されたなんて現実を忘れては、これは夢なんじゃないかと思ってしまいます。だって、思ってもいなかったのです。こんなふうに、雪を踏み分けて親

王に会いに来ることになるなんて。こんなに悲しいことがあってたまるか……。

涙が出てきて止まんないぜ。泣いてるうちに、都に着いたよ。

29歳の若さで出家した悲運の親王

前段に引き続き、親王との楽しい話が続くのかと思いきや、なんと親王が出家されたという段です。

118頁でも述べたように、**惟喬親王は、文徳《もんとく》天皇の第一皇子**です。しかし、母親が紀氏の静子で後ろ盾が弱かったため、権力者の藤原良房の娘・明子《あきらけいこ》が生んだ第四皇子の惟仁《これひと》親王が生後八カ月で皇太子となりました。これが出家のそもそもの原因だという説もあったようです。

しかし、惟仁親王が清和《せいわ》天皇として即位したのが八五八年、惟喬親王が出家したのは八七二年です。惟仁親王が即位してから十四年、皇太子になってからですと、二十年以上経っています。ちょっと時間が経ちすぎていますよね。

『日本三代実録』には「病気のため出家した」というようなことが書かれているため、病気説が主流です。ただし、何の病気かがわからず、亡くなったのは54歳と出家から二十五年後なので、出家する時の病気は重病ではなかったのかな、とも思います。

そうすると、病気がきっかけにはなったのかもしれませんが、病気だけというよりは、それまでの自分の境遇とかもすべて含めて、もうなんだか何もかもが嫌になってしまったのかな……とも、個人的には思ったりもします。あくまで勝手な妄想ですが。

原文

昔、水無瀬に通ひ給ひし惟喬の親王、例の狩しにおはします供に、馬の頭なる翁仕うまつれり。日ごろ経て、宮にかへり給うけり。御おくりしてとくいなむと思ふに、大御酒《おおみき》賜ひ、禄賜はむとて、つかはさざりけり。この馬の頭、心もとながりて、

枕とて草ひきむすぶこともせじ秋の夜《よ》とだにたのまれなくに

とよみける。時は三月《やよい》のつごもりなりけり。親王大殿ごもらで明かし給うてけり。かくしつつまうで仕うまつりけるを、思ひのほかに、御髪《みぐし》おろし給うてけり。正月《むつき》におがみ奉らむとて、小野にまうでたるに、比叡《ひえ》の山の麓なれば、雪いと高し。しひて御室《みむろ》にまうでておがみ奉るに、つれづれといともの悲しくておはしましければ、やや久しく候ひて、いにしへのことなど思ひ出で聞こえけり。さても候ひてしがなと思へど、おほやけごとどもありければ、え候はで、夕暮にかへるとて、

忘れては夢かとぞ思ふ思ひきや雪ふみわけて君を見むとは

とてなむ泣く泣く来にける。

現代語訳

昔、水無瀬の離宮に通いなさった惟喬の親王が、いつものように狩りにいらっしゃるお供に、馬の頭である翁（＝業平）がお仕えした。数日経って、離宮へ帰りなさった。（翁は）お送りして早く帰ろうと思うが、（親王は）お酒をくださり、褒美をくださると言って、放しなさらなかった。この馬の頭は、待ち遠しくて、

枕として草を引き結ぶこと〈＝旅寝〉はしないつもりです。秋の夜のようにさえ〈ゆっくりすることも〉期待できないので〈＝今は春の短い夜なので、御殿で宿直はせずに、自分の家に帰りたいです〉。

と詠んだ。時は三月の末であった。親王はお休みにならないで夜を明かしなさった。（翁は）このようにしては参上しお仕えしていたが、思いがけず、（親王は）出家なさった。（翁は）正月に拝謁しようと思って、小野に参上したが、比叡山の麓なので、雪がたいそう積もっている。無理にご庵室に参上して拝顔すると、（親王が）退屈そうでなんとなく悲しげでいらっしゃったので、少々長い時間伺候《しこう》して、昔のことなど思い起こして申し上げた。そのままお仕えしたいと思うが、朝廷の勤務もあったので、お仕えできないで、夕暮れに帰ろうとして、

現実を忘れて夢かと思います。雪を踏み分けて親王にお会いしようとは思ってもいませんでした。

と詠んで泣く泣く都に帰った。

ワンポイントレッスン

「枕とて草ひきむすぶ」とは

昔は、旅で野宿をする時、草を結んで枕の代わりにしたようです。そこから、「草枕」は「野宿・旅寝・旅」の意味です。ただし、和歌中の枕詞の場合は、「旅」「結ぶ」などを導き、訳は不要です。

八四 お袋、長生きしてくれよな（号泣）

【超現代語訳】

昔、男がいた。男の身分は低いが、その母親は皇族だった。この男は、臣籍降下したオレね。お袋は桓武《かんむ》天皇の皇女の伊都《いと》内親王だから、皇族なんだ。で、お袋は長岡に住んでいて、オレは宮仕えだから、なかなか行けなくてね。でも、オレ一人っ子でさ、あ、腹違いの兄弟はいるよ、ただ、同じ母親の兄弟はいないんだよね。だから、お袋はオレをすごくかわいがってくれたけど、あてにできるのもオレだけなんだよね。

そんなお袋から十二月くらいに、「緊急」といって手紙があってさ。どうやら体調を崩したみたいで、焦って見てみたら歌があったんだ。

年を取ると死別もあるというので、いよいよあなたに会いたくて仕方がないわ、私のかわいい息子よ。

こんな気の弱いことを言ってくるような年齢になったんだな。なんだか泣けてくるぜ。

世の中に死別なんてなければいいのに。親には千年も生きてほしいと祈っている子、そう、オレのために。

≡|||≡|||≡|||≡|||≡|||≡|||≡|||≡|||≡|||≡|||≡|||≡|||≡|||≡|||≡|||≡|||≡|||≡|||≡|||

✿いつの世も「親を思う気持ち」は変わらない

珍しく母親・伊都とのやりとりが書かれている段です。伊都は晩年、この段にあるように長岡に住んでいました。

夫の阿保《あぼ》親王も亡くなり、血のつながった身内は業平だけになってしまった伊都は、心細かったのかもしれませんね（夫の死後、京の自宅に落雷があったりもしたそうです）。

これが亡くなるどれくらい前の手紙かはわかりません。史実では九月中旬に亡くなっているので、前年の十二月だとしても九カ月以上経っています。

そういえば、99歳（？）の老女との話（219頁）で、その時に親切にしてあげた理由の一つとして、三男が母親思いで、その心遣いに感動したから、というのがありましたね。仕事でなかなか会いには行けなかったようですが、泣きながら和歌を詠む業平も母親思いだったのでしょう。

原文

昔、男ありけり。身はいやしながら、母なむ宮なりける。その母、長岡といふ所にすみ給ひけり。子は京に宮仕へしければ、まうづとしけれど、しばしばえまうでず。ひとつ子にさへありければ、いとかなしうし給ひけり。さるに、十二月《しわす》ばかりに、とみのこととて御文あり。おどろきて見れば歌あり。

老いぬればさらぬ別れのありといへばいよいよ見まくほしき君かな

かの子、いたううち泣きてよめる。

世の中にさらぬ別れのなくもがな千代《ちよ》もといのる人の子のため

現代語訳

昔、男がいた。身分は低かったが、母は皇族であった。その母は、長岡というところに住みなさった。子は都で宮仕えしていたので、（母のもとに）参上しようとしたが、頻繁には参上できない。一人っ子でもあったので、（母は）とてもかわいがりなさった。ところが、十二月頃、急ぎのことといってお手紙がある。驚いて見ると歌がある。

年を取ったので、避けられない別れ（＝死別）があるというので、ますます会いたいと思うあなただよ。

その子は、ひどく泣いて詠んだ。

……………

この世に避けられない別れがなければいいなあ。母が千年も生きてほしいと祈る子〈＝私〉のために。

ワンポイントレッスン

「さらぬ別れ」とは

この「さらぬ」は、「避《さ》る」（＝避ける）の未然形「避ら」に打消の助動詞「ず」の連体形「ぬ」がついたもので、「避けられない」ということです。「どうしても避けられない別れ」、つまり「死別」のことです。
「さらぬ別れ」の意味を漢字二文字で書きなさいと、大学入試で出題されたこともありますよ。

九二 このオレが手紙を渡すこともできないなんてな

超現代語訳

昔、気になる女《コ》がいてさ、その女の家に行っては会えずに帰ってを繰り返してたんだけど、手紙を渡すことさえできなくてさ……。

葦《あし》が生えているあたりを漕いでいくちっちゃい舟が、何度も何度も行ったり来たりしているけど、知っている人はいないよね。葦に隠れちゃって見えないから。はあぁ、オレはまるでそんなちっちゃなちっちゃな舟と同じさ。「行っては帰って」を何度することになるんだろう。そんなオレのことを、女に知ってもらえていないので。

業平、どうした!?

この段の「男」も業平だとすると、「かの~~チャラ男~~モテ男がどうしたの!?」となってしまうような段ですね。あれほど和歌が上手で、いろんな女性に手を出し、手紙も出していた業平が、家まで行って手紙を渡すことさえできないとは、どういうことなのでしょうか!?

本書では飛ばしましたが、実は七三段でも「そこにいるのはわかっているのに、手紙さえ出すことができない女のことを思っている」と似たようなことが書いてあります。その段でも、その女性が誰かというのは明言されていませんが、その前の六九段から七二段まで、**伊勢の斎宮のことがずっと書かれていることから、斎宮だろうと考えられています。**

では、この九二段の女性も斎宮・恬子《やすこ》内親王なのでしょうか。恬子が斎宮の時のことであれば、伊勢まで何度も行っては帰るって、現代でもあるまいに不可能ですよね？　では、斎宮を退下《たいげ》〔＝斎宮が任を終えること〕してからのことなのでしょうか？

恬子は、八六一年に伊勢に下り、八七六年にようやく斎宮を退下できました。業平が亡くなったのが八八〇年、56歳の時ですから、晩年の四年間での出来事なのでしょうか。

『伊勢物語』はある男〔＝在原業平？〕の一代記です。この段は一二五段中の九二段ですから、その晩年の四年間でもおかしくはなさそうですね。そして、月日は経っていますが、もしあの恬子の懐妊・養子疑惑が本当ならば、気がかりで何度も家を訪ねてしまうでしょうし、でも、今さらなんと言っていいかわからず、元・斎宮ということにも気を遣って歌も詠みかけられない――そんな事情があったのかもしれませんね。

この女性が誰なのか、そもそも業平なのかもわかりませんので、全部私の妄想ですが。さて、皆様はどのように思われますか？

原文

〓 昔、恋しさに来《き》つつかへれど、女に消息《しようそこ》をだにえせでよめる。

あしべこぐ棚《たな》なし小舟《おぶね》いくそたびゆきかへるらむ知る人もなみ

現代語訳

昔、（男が）恋しさに女の家にやって来ては帰るが、女に手紙さえ渡すことができずに詠んだ（歌）。

葦《あし》の生える水辺を漕いでゆく舟棚のない小さな舟は誰にも知られないように、私は行っては帰るのだろう。あなたに気づいてもらえないので。

ワンポイントレッスン

「消息」とは

「しょうそこ」（歴史的仮名遣いだと「せうそこ」）と読み、「手紙」の意味。他に「訪れること」という意味もあります。

九四 春と秋、いったいどっちが好きなんだ？

【超現代語訳】

昔、オレ、ある女と別れたんだけど、その後、その女に新しい彼氏ができたみたい。それは全然かまわないんだよ。オレから別れを切り出したしね。ただ、この女との間には子供がいたんだ。だから、別れはしたし、もう親密じゃないんだけど、時々連絡はきてたんだよね。

この元妻は、絵がすごく上手でさ、オレに絵を描いてくれよって頼んだら、「新しい彼氏が来てるの♡」って、そのまま二日くらい放置だもんな。だから、オレはこう言ってやったのさ。

「オレがお願いしてるのに、まだ描いてくれてないの？　まあね、彼氏が来てるんだもんね。そりゃそうだよな、わかるよ、うん、わかる。でもさ、このままじゃ、君を恨んでしまいそうだぞ？」

さらに、ちょっと皮肉を込めて、その時、秋だったから、こんな歌を詠んでやったんだ。

秋の夜には、春の日を忘れてしまうものなのかなぁ。春の霞《かすみ》よりも秋の霧《きり》のほうが千倍まさっているのでしょうね～。

秋が新しい彼氏、春がオレのつもりだよ。元妻なら、そんな説明は不要さ。オレの元妻だけあって絶対わかるから。そんな元妻からの返事はこう。

秋をたくさん集めたとしても、一つの春にはかなわないわよ。とはいえ、秋の紅葉も春の花も散っちゃうものね。

一瞬喜んでしまったけど、見事にやられてしまったな。この和歌の意味、わかるかい？　オレのほうがいいと思わせといて、結局「男なんて誰もあてになんないわよ」ってことさ。

✿二人の元・皇族に愛された「才女」

『大和物語』の一五九段と一六〇段に、同じような話があり、そこでは、この女性は**「染殿の内侍《そめどののないし》」**と書かれています。

「染殿の后」は、清和《せいわ》天皇の母で、藤原良房《ふじわらのよしふさ》の娘・明子《あきらけいこ》のことでしたね。「染殿」は藤原良房邸のことです。「内侍」は、天皇のそば近くにお仕えしながら雑事をした女官のことですが、「染殿の内侍」は良房邸の女官か、染殿の后にお仕えしていた女官であろうと考えられています。具体的には、良房の弟・良相《よしみ》の娘説や、藤原因香朝臣《よるかのあそん》説などもありますが、そもそも実在の人物かどうかも怪しいという説もあり、よくわかっていないようです。

「新しい彼氏」というのは、『大和物語』の一五九段を踏まえると、源能有《みなもとのよしあり》という人物です。能有は文徳《もんとく》天皇の皇子で、臣籍降下しています。

二人の元・皇族から愛された女性の返歌、おもしろいですね。**「あなたのほうが断然素敵」と言いつつ、「男なんてみんな一緒。あてにならない」というオチ**です。

原文は返歌のみで終わっているのですが、【超現代語訳】は、そのオチがわかるように、業平が説明する形としました。きっと、業平は、その返歌を見て、一瞬喜んだだろうな、と。ですが、下の句を読んで「そう来るか！」となり、もしかしたら「さすがオレの元妻」と思ったかもしれませんね。

モテる男性は、女性からチヤホヤされることに慣れているはずなので、従順すぎる女性よりも、こういうちょっと一筋縄ではいかない女性のほうがおもしろみがあると感じたかもな、なんて思います。

秋に「霧」は出ても「霞」は出ない？

さて、業平の和歌に「霞」と「霧」がありますね。「霞」と「霧」の違いを説明すると、「霞」は空気中の水滴や他の粒子が漂い、視界が悪くなる様子で、気象用語ではありません。「霧」は大気中の水蒸気が水滴になり漂い、視界が悪くなる現象で、気象用語です。

ただし、（入試）古文では、どちらも空気がボヤーッと白くなり、視界が悪くなる現象だとわかればＯＫ。「霞」と「霧」の細かい違いよりも、季節の違いのほうが大切で、**「霞」は春、「霧」は秋**です。

「春霞」とか聞いたことがある人もいらっしゃると思います。ちなみに、**「霞」は昼間の様子で、夜には「朧《おぼろ》」といいます。「朧月」の季語は、もちろん「春」**です。

原文

昔、男ありけり。いかがありけむ、その男すまずなりにけり。のちに男ありけれど、子ある仲なりければ、こまかにこそあらねど、時々《ときどき》ものいひおこせけり。女がたに、絵かく人なりければ、かきにやれりけるを、今の男のものすとて、ひと日《ひ》ふつかおこせざりけり。かの男、いとつらく、「おのが聞こゆることをば、今まで賜はねば、ことわりと思へど、なほ人をば恨《うら》みつべきものになむありける」とて、ろうじてよみてやれりける。時は秋になむありける。

秋の夜《よ》は春日《はるひ》忘るるものなれやかすみにきりや千重《ちえ》まさるらむ

となむよめりける。女、返し、

千々《ちぢ》の秋ひとつの春にむかはめや紅葉《もみじ》も花もともにこそ散れ

現代語訳

昔、男がいた。どうしたのであろうか、その男は女の家に通わなくなった。後に（女には）他の男がいたが、（元の男とは）子供がいる仲だったので、親密ではないが、時々手紙をしてきた。女は、絵を描く人だったので、描いてもらいに（使いを）やったが、新しい男が来ているといって、一日、二日よこさなかった。この男は、ひどくつらく、「私が申し上げたことを、今までしてくださらないので、もっともだと思うが、やはりあなたを恨んでしまいそうだなあ」と言って、からかって詠んで贈った。時節は秋であった。

秋の夜には春の日を忘れるものなのか。春の霞より秋の霧は何倍もまさっているのだろうか〈＝僕を忘れたのか。今の男のほうが素敵なんだろうね〉。

と詠んだ。女が、返歌として、

多くの秋を重ねても一つの春には匹敵しない。(だけど)秋の紅葉も春の桜も同じように散る(=あなたのほうが今の夫より何倍もまさっています。ですが、所詮男は私には頼りにならない)。

……………………

ワンポイントレッスン

「ことわり」とは

漢字で「理」と書き、「道理」の意味です。「道理」は「物事の道筋・正論」のこと。形容動詞「ことわりなり」は「もちろんだ・当然だ・もっともだ」と訳します。

九六　くそっ！　あの女、絶対呪ってやる〜

【超現代語訳】

昔、オレが、ある女を口説いてて、けっこうな月日が経ったんだよね。それで、たぶん女は情が湧いちゃったんだろうな、ちょっといい感じになってきた気がするんだ。

その時、六月中旬だったから（あ、現在だと七月中旬くらいね）、女の体にひどいあせもが出ちゃったらしくてさ、「こんなに頑張ってアピールし続けてくれたアナタのこと、今は好きよ。でも、私、あせもがひどくて、こんな身体、アナタに見られたくないの。しかも、暑いでしょ？　秋になって涼しくなったら、私のお肌もキレイになっているはずだし、その頃にお逢いしましょ♡」って。

よっしゃーっ！　頑張った甲斐があったってもんだぜ。だから、秋を心待ちにしてたんだけど、秋が近づくと、どこからどう漏れたのか、その女がオレのとこに行くらしいっていう噂でもちきりになってさ。ほら、一応オレ、モテ男だからさ、なんだかいろいろトラブル発生（泣）。

こんなんだから、女の兄ちゃんが、突然女の家に迎えに来て、どこかに連れて行っちゃったんだよね。マジかよ⁉ってなったぜ。せっかくあとちょっとだったのに。ようやくあの女をゲットできるぜ、なーんてウキウキしてたのにさ。

女は紅葉に書いた手紙を「オレに」って託してたみたいなんだ。


秋になったら、ってお約束していましたよね。本気で思ってたのよ。だから、飽きたわけじゃないの。でも、秋になって、入江に散った木の葉がたまると、江が浅くなるように、私とアナタも、きっとそういう浅い縁だった、ってことなんだと思う――。


オレからの使いが来たならば、この紅葉を渡しておいてね、とか言って去ったらしい。

その女は、その後どうしたのかって？　聞きたいのはこっちのほうだぜ。そのまま音信不通さ。どこかで幸せによろしくやってんのか、落ちぶれて極貧生活を送ってるのか、どこにいるのかもまったくわからない。

　このオレの落胆した気持ちをどうしてくれようか。くそっ、呪ってやる、あの女。今に見とけよーっ!!

★日本古来の呪術「天《あま》の逆手《さかて》」

　この段には男〔＝業平〕の歌がありません。そして、原文では**実際に「天《あま》の逆手《さかて》」という方法で呪っているという不穏な終わり方**で、異色な段となっています。

　この「天の逆手」というのは、『古事記』の国譲《くにゆず》りの場面に出てくる呪術です。そこでも、「天の逆手を〈中略〉打ち」とあり、この『伊勢物語』の原文でも「天の逆手を打ち」とあることから、**手を打つことは確かなのですが、具体的な打ち方は伝わっておらず、よくわかりません。**通常の柏手《かしわで》〔＝神前で手の平を打ち合わせて音を立てる作法〕とは違う打ち方をしたようです。

時間をかけて口説き落とし、ようやく心を摑めたと思えば、あせもを理由に逢ってもらえず。とはいえ、秋になれば念願の一夜を過ごせる確約はとれているので、首を長〜くして「その時」を待っていたのでしょう。なのに、突如、兄に連れて行かれる女（そういえば、兄弟に連れ去られる件《くだり》は、高子《たかいこ》の話〈六段〉と似ていますね）。結局、一度も結ばれることもなく、女が行方不明となってしまい、もう二度とその女と夢のような一夜を過ごすことは不可能となってしまったのです。

その後のブチギレようは、普段の業平とは別人のようです。歌すら詠んでいません。こんなにキレてしまったのは、「いける！と思ったのに、一度もあの女を抱けなかったじゃないか!!」という絶望が、とてつもない怒りに変わったからでしょうね。

これ、たぶんなんですが、たった一度でもこの女性と関係を持っていたならば、連れ去られて行方不明になっても、こんなにキレていないのでは、と思われます。男心がわかるわけではありませんが、おそらく業平ならそうなんじゃないか……と思ってしまう私がいます。

原文

昔、男ありけり。女をとかくいふこと月日経《へ》にけり。岩木《いわき》にしあらねば、心苦しとや思ひけむ、やうやうあはれと思ひけり。その頃、六月《みなづき》の望《もち》ばかりなりければ、女、身にかさ一つ二ついできにけり。女いひおこせたる。「今は何の心もなし。身にかさも一つ二ついでたり。時もいと暑し。少し秋風吹きたちなむ時、かならずあはむ」といへりけり。秋まつ頃ほひに、ここかしこより、その人のもとへいなむずなりとて、口舌《くぜち》いできにけり。さりければ、女の兄《しょうと》、にはかに迎へに来たり。さればこの女、かへでの初紅葉《はつもみじ》をひろはせて、歌をよみて、書きつけておこせたり。

秋かけていひしながらもあらなくに木の葉ふりしくえにこそありけれ

と書きおきて、「かしこより人おこせば、これをやれ」とていぬ。さてやがてのち、つひに今日まで知らず。よくてやあらむ、あしくてやあらむ、いにし所も知らず。かの男は、天《あま》の逆手《さかて》を打ちてなむのろひをるなる。むくつけきこと。人ののろひごとは、おふものにやあらむ、おはぬものにやあらむ。「今こそは見め」とぞいふなる。

現代語訳

昔、男がいた。女をあれこれ口説いて月日が経った。女も岩木ではないので（＝感情がないわけではないので）、気の毒だと思ったのだろうか、次第に憐《あわ》れに思った。その頃、六月十五日頃だったので、女が、体にできもの（＝あせも）が一つ二つできた。女が言ってよこした。「今は（お心に従う以外）何の心もない。体にできものが一つ二つできた。時節もとても暑い。少し秋風が立つような時に、必ず逢おう」と言った。秋が近づく頃に、ここかしこから、その男のもとへ行くだろうと噂が立って、言い争いが起こった。そういうことで、女の兄が、突然迎えに来た。そこでこの女は、楓の初紅葉を拾わせて、歌を詠んで、書きつけて（男に）よこした。

秋になったらと心にかけて言ったけれどそうできなくて、飽きたわけでもないが、木の葉が降り敷くような浅い江のような浅い縁だったよ。

と書き置いて、「あちらから使者をよこしたなら、これを渡せ」と言って立ち去った。そうしてそのまま後は、とうとう今日まで（女の行方は）わからない。幸せなのだろうか、不幸なのだろうか、行った場所もわからない。あの男は、天の逆手を打って呪っているらしい。気味の悪いことだ。人の呪いは、取りつくものなのだろうか、取りつかないのだろうか。(男は)「今に見ていろ」と言っているとかいうことだ。

ワンポイントレッスン

「岩木」とは

「岩」と「木」ですが、「感情のないもの」のたとえとしてよく用います。
原文の「岩木にしあらねば」の「に」は断定の助動詞「なり」の連用形、「し」は強意の副助詞で訳不要、「ね」は打消の助動詞「ず」の已然形、この「已然形+ば」は「~ので」で、直訳は「岩木ではないので」です。女は当然岩木ではありませんから、たとえですね。「(女は)感情がないわけではないので」と訳します。

一〇一　ゴマすり野郎ばっかりで腹が立ったから……

超現代語訳

昔、左兵衛府《さひょうえふ》の長官だった在原行平《ありわらのゆきひら》という人がいた。オレの異母兄だよ。

アニキの家に美味しいお酒があるってことで、「みんなで飲もうぜ」って集まったみたいなんだ。オレは直接呼ばれてなくて、「なんか宴会してるっぽいよ」って聞いたから、ちょっくら行ってみよっかなって遅ればせながら準備したのさ。

主客は左中弁《さちゅうべん》の藤原良近《まさちか》様。オレのアニキ、風流なことが好きでさ、室内には当然花瓶に花を飾ってるんだけど、その中に、変わった藤の花があったんだよね。花房《はなぶさ》の長さが1メートル10センチくらいもあるの！　その花を題にして歌を詠み合ってたみたいでさ、もうみんなが詠み終わる頃に、ようやくオレ到着。

何やってんのかな、と思って顔を出したら、みんなが寄ってたかってオレを放さないんだ。なんだ？　なんなんだ⁉　そしてオレは、どうやら歌を詠み合っていたらしいことを理解した。アニキの客たちがオレにも詠め！って言ってきて、オレは、「歌のこととかよくわからないので勘弁してください」って言ったんだけど、それはもうみんな強引で。とてもじゃないけど逃げきれなくて、こう詠んだのさ。

咲いている花の花房の下に隠れる人が多いので、以前よりいっそう藤の陰が大きくなるなあ。

やべっ、みんな、怪訝《けげん》な顔してる……。「なんでこう詠んだんだ？」、そう聞いてくれた人がいて本当に助かったよ。

「藤の花ですから藤原氏の象徴でございます。多くの人々が藤原氏のお陰をこうむり、さらに藤原氏は栄えて大きくなっていくという意味でございます。太政大臣藤原良房《よしふさ》様が栄華の絶頂でいらっしゃって、格別に栄えているのを思って詠みました」

と説明したら、みんな、この歌を非難しなくなったぜ。へへ、ちょろいもんだな。これは表向きの説明なのに。

★藤原氏の栄華を称えているように見せかけて……

業平の和歌、表向きは藤原氏の栄華を絶賛した内容となっていますが、**藤原氏の庇護を求めるために、媚びへつらう人間が多いことを風刺しています。**そういう人間が多いから、藤原氏はますます権力を持ち増長していくのだ、というのが裏の意味です。

ただし、主客は藤原良近です。天下の藤原氏に堂々とケンカを売るようなことはできませんから、裏の意味は隠して、ただただ藤原氏の栄華を称賛しているのだと逃げ切ったようですね（歌・解釈諸説ありますが、一番おもしろいものでとりました）。

楽しい宴会のお話かと思いきや、一気に政治的なにおいがしてくる段です。それにしても、「歌のことはよく知らない」と辞退しようとした業平。「どの口が言う」と、よくツッコまれませんでしたね（逃げきれていないので、ツッコまれたのかもですが）。

業平は、『古今和歌集』などの勅撰和歌集（＝天皇や上皇の命令によって編纂された和歌集」に八七首も入集している歌人です。もう「謙虚を通り越して嫌味か！」状態ですね。

原文

昔、左兵衛《さひょうえ》の督《かみ》なりける在原の行平《ゆきひら》といふありけり。その人の家によき酒ありと聞きて、上にありける左中弁《さちゅうべん》藤原の良近《まさちか》といふをなむ、まらうどざねにて、その日はあるじまうけしたりける。情けある人にて、かめに花をさせり。その花の中に、あやしき藤の花ありけり。花のしなひ、三尺六寸ばかりなむありける。それを題にてよむ。よみはてがたに、あるじのはらからなる、あるじしたまふと聞きて来たりければ、とらへてよませける。もとより歌のことは知らざりければ、すまひけれど、しひてよませければかくなむ、

咲く花の下に隠るる人を多みありしにまさる藤のかげかも

「などかくしもよむ」といひければ、「おほきおとどの栄花のさかりにみまそがりて、藤氏《とうし》の、こと栄ゆるを思ひてよめる」となむいひける。みな人、そしらずなりにけり。

現代語訳

昔、左兵衛府の長官であった在原行平という人がいた。その人の家によい酒があると(人々が)聞いて、殿上の間に出仕していた左中弁藤原良近という人を、主客として、その日は饗応の宴を開いた。(行平は)情趣を解する人で、花瓶に花を生けた。その花の中に、奇異な藤の花があった。花房の長さが、三尺六寸もあった。それを題にして歌を詠む。詠み終わる頃に、主人の弟(=在原業平)が、饗宴《きょうえん》をなさっていると聞いてやって来たので、つかまえて歌を詠ませた。(弟は)もともと歌の作り方は知らなかったので、辞退したが、無理に詠ませるとこのように(詠んだ)、

咲いている藤の花の下に隠れていらっしゃる人が多いので、藤の花の影は以前よりいっそう大きくなるなあ。

「どうしてこのように詠むのか」と言ったので、「太政大臣藤原良房様が栄華の絶頂にいらっしゃって、藤原氏が、ことさらに栄えるのを思って詠んだ」と言った。人々は皆、(その歌を)非難しなくなった。

ワンポイントレッスン

「まらうどざね」とは

「まらうど」(「まらうと」とも)は「客」のこと。「稀《ま》れ人《びと》」ともいいます。いつも家にいる人ではなく、稀に来る人＝「客」と覚えておくと便利ですね。

この「まらうど」(まらうと)に「ざね」がついた「まらうどざね」は「主客・正客」の意味です。「名詞＋ざね」は「名詞の中の中心・主となるもの」の意味で、たとえば「使ひざね」なら「正使」です。

一〇二

君の気持ちが少しでも安らぐように、この歌を贈るよ

【超現代語訳】

昔、オレは、歌の詠み方は心得ていなかったが、男女の仲のことはよく理解していたつもりだよ。高貴な女が、尼になって、俗世の恋愛やしがらみなどが嫌だったんだろうな、京にもいなくて、はるか遠くの山里に住んだのさ。もともと親族だったから、歌を贈ったんだ。「やっぱ歌詠めるんじゃないか！」って？　そりゃ、ちょっとくらいは詠めるよ。

出家をするといっても仙人になって雲に乗るわけではないけれど、それでも出家をすれば、俗世のつらいことが離れていくとかいうようですね。

これで少しでもつらい気持ちが慰められたらいいな。この高貴な女っていうのは恬子《やすこ》様、あの伊勢の斎宮だった方だよ。

斎宮となるのは名誉？　それとも悲劇？

前段同様、業平はまた謙遜というか嫌味というか、「歌の詠み方は心得ていない」と言っていますね。本気でそう思っていたのでしょうか……？

そんなことはさておき、恬子の斎宮退下後の段ですね。ただし、恬子の退下後の詳細はきちんと伝わっておらず（妹が亡くなったことや、本人が亡くなった年月日等は伝わっていますが）、本当に出家したのかどうかは疑わしいです。

前にお話しした、業平との間に子供ができた話（２４６頁）もあくまでも伝説の域に過ぎません。ただ、この段で書かれていることを事実とするならば、長い間伊勢で斎宮として過ごしてきた恬子にとっては、出家をしたとしても京にいることすら嫌だったのですね。

「斎宮」の選び方

「斎宮というのは未婚の皇女か女王がなる」ということを244頁でお伝えしました。どう選ばれるかというと、天皇が即位する際に候補者の中から**「卜定《ぼくじょう》」**という占いで決定されます。

自分を斎宮として伊勢に閉じ込めたのは、あの卜定のせい、もっといえば、自分が内親王〔=皇女〕として生まれたから、候補者にもなってしまった……。恬子にとっては、そんなすべてが忌々しかったのかもしれません。

貴族がなんらかの理由で京を離れた場合、往々にして京の都を恋しがり、早く帰りたいと嘆きます。ですが、恬子は、京にいるだけで、自分の宿命を感じてしまい、苦痛でしかなかったのでしょう。

ちなみに、斎宮制度は南北朝時代の動乱の頃、建武《けんむ》の新政が崩壊したことによって幕を下ろしました。卜定で選ばれた祥子《しょうし》内親王は野宮《ののみや》には（一定期間）こもったものの、伊勢に行くこともなく退下したのです。

未婚のままで伊勢神宮に閉じ込められ、自由な恋愛もできず、一般社会から隔絶され、退下した後も基本的には独身のままだったり、出家したりすることが多かったという斎宮。神にお仕えする由緒ある任ですから、こんなことをいうと怒られるのかもしれませんが、恬子のように悲しい思いをした斎宮が多かったのではと感じるので、途絶してよかったのだろうと思います。「数年軟禁状態・恋愛禁止」は、やっぱりかわいそうですよね。しかも、本人の意志ではなく占いで勝手に決められるなんて、選定されたほうはたまったもんじゃありません。

原文

昔、男ありけり。歌はよまざりけれど、世の中を思ひ知りたりけり。あてなる女の、尼《あま》になりて、世の中を思ひうんじて、京にもあらず、はるかなる山里にすみけり。もとしぞくなりければ、よみてやりける。

背くとて雲には乗らぬものなれど世のうきことぞよそになるてふ

となむいひやりける。斎宮の宮なり。

現代語訳

昔、男がいた。歌は詠まなかったが、男女の仲をよく理解していた。高貴な女が、尼になって、俗世が嫌になって、京にもおらず、都からはるか遠い山里に住んだ。もともと親族だったので、歌を詠んでやった。

俗世を捨てて雲に乗るわけでもないが、(出家すると)俗世の嫌なことが疎遠になるとかいうらしいね。

と言ってやった。(この女性は)伊勢神宮に仕えた斎宮である。

一〇四 恬《やす》子《こ》ちゃん、ウインクプリーズ♡

【超現代語訳】

昔、たいした理由もないのに尼になった人がいたんだ。格好はたしかに尼姿にはなったけど、祭り見物はしたかったんだろうな、賀茂《かも》の祭《まつり》、いわゆる葵祭《あおいまつり》だよね、それを見に出かけてたんだよ。オレは歌を詠んで、その尼が見物のために乗っている車に贈っちゃったんだ。

俗世を疎んでいる尼とお見受けしますが、僕にウインクしてくれないかな、なんて期待しちゃうなぁ。

この尼は、あの斎宮様だよ。この間、オレが贈った歌を見てくれて、ちょっとは気持ちが軽くなったってことなのかな。そうならうれしいんだけど、どうしてか恬子《やすこ》様は、オレからの手紙を受け取った後、見物を途中でやめて帰っちゃったんだ。あれ？　オレ、もしかして空気読めなかったのか？

≡|||≡|||≡|||≡|||≡|||≡|||≡|||≡|||≡|||≡|||≡|||≡|||≡|||≡|||≡|||≡|||≡|||≡|||≡|||≡|||≡|||≡|||≡|||≡|||

★「尼」と「海人《あま》」、「めくばせ」と「ワカメくわせよ」

京都にいるのも嫌だと思っていたはずの恬子が、葵祭の見物に来ていたという段です。ということで、前項の私の妄想（京都にいるだけで、自分の宿命に思いを馳せることになり、苦痛でしかない）は、けっこう極端だったのかもしれません。意外と、祭りの見物に出かけようと思うような、そんな気持ちは残っていたようです。

ただし、出だしの「たいした理由もないのに尼になった」というのは、どうなのでしょう。たしかに、失恋をしたわけでもなく、恋人やご主人様が他界したわけでもありませんので、傍《はた》から見れば、特にこれといった理由もないように見えるかもしれません。ですが、そう思われてしまうこと自体が、周囲の人には斎宮となった苦痛がわかってもらえていない何よりの証ではないでしょうか。そこまで苦しまずに斎宮を務めた女性もいるかもしれませんが、不本意な女性もいたのでは、と思わずにはいられません。その当時に生きていないので断言はできませんが、上辺の見えているものからだけで想像すると、私なら選ばれたくないので、そう思ってしまうのかもしれませんが。

さて、業平の和歌は、実は「海の海人《あま》とお見受けするので、ワカメを食べさせてくれよ」という意味にもとれるのですが、もちろん言いたいのはこちらではないため、【超現代語訳】ではカットしました。

原文の和歌を見ていただくとわかりやすいのですが、「うみ」に「倦《う》み（＝つらい・嫌だ）」と「海」、「あま」に「尼」と「海人」、「めくはせよ」に「目くはせよ（＝目つきで合図せよ）」と「海布（＝ワカメ）食はせよ」をかけています。

尼を見かけて、こんなに掛詞を用いた和歌を即興で詠めるのは、「さすが」ですね。内容の良し悪しはさておき、頭の回転の速さは確かです。これで「歌のことがよくわからない」と言われても……ですよね。

原文

昔、ことなることなくて尼になれる人ありけり。かたちをやつしたれど、ものやゆかしかりけむ、賀茂の祭見にいでたりけるを、男、歌よみてやる。

世をうみのあまとし人を見るからにめくはせよとも頼まるるかな

これは、斎宮の、もの見給ひける車に、かく聞こえたりければ見さしてかへり給ひにけりとなむ。

現代語訳

昔、たいした理由もなく尼になった人がいた。尼姿になったが、見物はしたかったのだろうか、賀茂の祭を見に出かけたのを、男が（見つけて）、歌を詠んで贈る。

世をつらくなった尼とお見受けしますので、私に目くばせしてくださいと期待してしまう。

これは、斎宮が、見物なさっていた車に、（男が）このように申し上げたので見物を途中でやめ帰りなさったということだ。

ワンポイントレッスン

「賀茂の祭」とは

冠や車などに葵を用いるので、別名「葵祭」です。古文を読んでいて「祭」とあり、特に言及されていない場合は「賀茂祭（葵祭）」を指します。

現代でも「葵祭」は残っていて、毎年五月十五日に行われます。ですが、陰暦では四月の中の酉《とり》の日ですから、古文では「賀茂祭（葵祭）＝四月」と押さえておきましょう。

一〇五 冷たくされると、俄然やる気が出るぜ

【超現代語訳】

昔、オレに興味がないのか、超冷たい女がいたので、「そんなにつれなくされたら、オレ、ショックで恋死にしちゃいそうだよ」って言ってやったんだ。そしたら、そいつ、

どうぞご勝手に。たとえ死なないとしても、あなたのことを大切に思う人なんていないでしょ。

だとよ。なんちゅう女だ、まったく！　人が優しくしてりゃつけ上がりやがって。

よーし、見とけよ！　今にオレに夢中にさせてやるぞ!!　オレ、余計燃えてきたぜ。

★業平、やめとけ

男性は、追われると逃げたくなり、逃げられると追いたくなる――。

恋愛心理として一般的によく耳にする言葉だと思われます。自分にまったく興味がなく冷たい女に、さらに冷たくされることによって、執心が増してしまったようですね。こういう場合は、悪いことは言わないから、やめておいたほうがよいです。もっと嫌われるだけかと。業平よ、恋愛に長けているのであればわかりそうなものなのに。それか、モテモテだからこそ、こういう女性に逆に夢中になってしまうものなのでしょうか？　そうであれば、好きというより、ただの意地でしょうね。

それにしても、「死ぬ」とか言いだすのもアウトですよね。そんな言葉で相手の気を引くのもやめましょう。

原文

昔、男、「かくては死ぬべし」といひやりたりければ、女、

白露《しらつゆ》は消《け》なば消《け》ななむ消《き》えずとて玉にぬくべき人もあらじを

といへりければ、いとなめしと思ひけれど、心ざしはいやまさりけり。

現代語訳

昔、男が、「こうしていればきっと死んでしまう」と言ってやったので、女が、

白露のように消えてしまうのならば消えてほしい。消えないからといって真珠のように糸で通して飾りにするような人もいないわよ（＝死ななくても、あなたのことを思う人なんていない）。

と詠んだので、ひどく失礼だと思ったが、愛情はいっそう募った。

ワンポイントレッスン

「露」とは

葉の上に発生した「露」は、フッと息を吹きかけたり、風が吹いたりすれば、すぐに散ってしまうはかないものですね。そこから、「露」＝「はかないもの」＝「命」のたとえとしてよく使われます。また、「露」＝「水滴」＝「涙」のたとえとしてもよく用いられますよ。

一〇六 神様だって知らないはず！

【超現代語訳】

昔、オレは、親王たちが遊び歩いているところに参上して、竜田《たつた》河《がわ》のほとりでこんな和歌を詠んだのさ。

神代《かみよ》の昔にも聞いたことがありません。竜田河が水を鮮やかな紅色にくくり染めにするなんて。

★百人一首で有名なあの一首

「ちはやぶる神代も聞かず竜田河からくれなゐに水くくるとは」

百人一首に収録されている、業平の有名な和歌です。

「ちはやぶる」は「神」の枕詞で訳は不要です。「神代」は神々の時代で、不思議なことがたくさんあったとされています。**そんな不思議な神々の時代にも聞いたことがない**、と言っているのです。「何を」かは、後半に詠まれています。つまり、倒置法ですね。

「からくれなゐ」は中国や朝鮮から渡来した紅のことで、鮮やかな紅色のこと。「くくる」は、くくり染めにすること。「くくり染め」というのは、布の一部を糸で縛って染めて模様を作る染め方で、縛った部分が染め残しとなり、布を広げると、染まった部分と染め残しの白い部分、その狭間はボヤーッと染まっている感じになります。

川の水面に、紅葉がたくさん浮かんでいる様子を想像してみてください。きっと、水面全体が紅葉で、隙間がなくビシーッと浮かんではいないと思われます。たくさん浮かんでいたとしても、浮かんでいない部分が多少はありますよね。それがちょうど、くくり染めのように見えたのです。そして、竜田河を擬人化して、**「河が水をくくり染めにした」**と詠んでいるのです。

高子ちゃん、再び

『伊勢物語』ではこのように、実際にその場所に訪れ、景色を見て詠んだことになっています。この和歌は『古今和歌集』にもあり、その詞書には違う成立事情が書かれているのです。

「二条の后が、皇太子の母と呼ばれていた時に、后の御屏風の絵に竜田河に紅葉が流れている様子が描かれていたのを、題として（在原業平が）詠んだ」となっています。

そう、あの高子《たかいこ》ちゃんです！ 本書は『伊勢物語』がテーマですから、「景色を見て詠みましたよ」とスラッと行くべきなのかもしれませんが、ここはやはり高子ちゃんのほうにも触れておきます。

『古今和歌集』では、**業平が高子に呼び出されて、高子の御所で屏風を見ながら詠んだ「屏風歌《びょうぶうた》」だとされています。**「屏風歌」とは、屏風に描かれた絵を見ながら、それに合う歌をその脇につけるものです。

二九段（166頁）に、高子の御殿での桜の賀の話がありましたね。「業平がいることを高子が知っていたら、どのような気持ちだったのか」「高子にとっては過去のことでは」などと書きましたが、この詞書が事実であるならば、当然ですが、元彼が自分の目の前にいることを高子は認識しています。

うーん、いったい全体、高子はどういう気持ちなのでしょう？　自分が推薦したわけではなく、業平が屏風歌を詠むことが何かしらで決定されていて、呼ばざるをえなかったのかもしれません。そうであれば、ちょっとした事故のようなもので、仕方がないですよね。

高子本人が推薦して業平を呼んだとしたら……、「もう自分は幸せだから安心して」と、后となり、母となった姿を見せたいのか。「歌はやっぱり業平よね～」と、過去のことはとっくに忘れ去り、なーんにも考えていないのか。「過去のことは過去のこと」と完全に割り切っているのか。それとも、高子も心のどこかで業平を求め続けているのか……いろいろ想像はするものの、どういう気持ちだったのかがまったくわかりません。

何にしろ、あの芥河《あくたがわ》（54頁）での誘拐事件（？）の後、永遠に引き離されたわけではなく、何度かは会う機会もありましたし、けっこう年月が経った後までも会っているのですよね。もちろん、后となってしまったからには、「会う」だけで、「逢って」はいないはずですが。

そんなこんなな高子と業平との恋愛話、『伊勢物語』に書いてあることが本当ならば、という前提でいろいろと高子や業平の気持ちを想像してきました。

しかし、元も子もないことをいうと、**二人が交際していたという噂は、『伊勢物語』を書いた作者のせいであって、実際は恋人でもなんでもなく后と歌人という関係だけ**、という説もあります。

ということで、好き放題妄想してきましたが、実際つき合っていなかったのであれば、二人からは「いいかげんにして！」とクレームが来そうですね。真実は二人のみぞ知る――。

原文

二　昔、男、親王《みこ》たちの逍遥《しょうよう》し給ふ所にまうでて、竜田《たった》河《がわ》のほとりにて、

ちはやぶる神代《かみよ》も聞かず竜田河からくれなゐに水くくるとは

現代語訳

昔、男が、親王たちがそぞろ歩きをなさっているところに参上して、竜田河のそばで(詠んだ)、

神代にもこんなことがあったとは聞いていません。竜田河が水を唐紅《からくれない》色にくくり染めにするとは。

一〇七 男をトリコにするラブレターは このオレに任せろ

【超現代語訳】

昔、高貴な男がいた。オレだよ、オレ。今までは自分のことを「身分が低い」とか「歌がわかっていない」とか自虐的に言ってたこともあったけど、たまには、自分を高めてみてもいいかな、ってね。

それはそうと、オレの家に仕えていた侍女のことを、気に入った男がいたんだ。内記《ないき》という職をしている藤原敏行《としゆき》だよ。敏行は侍女にプロポーズしたんだけど、この侍女はまだ少女で、手紙もまだきちんと書けない子だしラブレターなんてもってのほか。ましてや、歌なんて無理無理無理！ そんなんだからさ、オレがゴーストライターになってやったんだ。案を伝えて書かせただけなんだけどね。

そしたら、その手紙もらった敏行が喜んじゃってさ～、まあ、そりゃそうなるよね。なんてったって、オレの案だから。敏行からこんな歌がまた贈られてきたよ。

退屈で気分もブルーなんだ。長く降る雨よりももっと、あなたが恋しくて止まることなく流れ落ちる僕の涙が河みたいになるほどだよ。袖ばかりが濡れて、あなたに逢う方法もない。

この返事も、もちろんオレが考えたぜ。

浅いから袖しか濡れないのでしょうね。涙の河で体まで流されてしまうほどだということなら、あなたのことを頼りにしてもいいわ。

敏行、感激！だったようだよ。今でもその手紙を持ち歩いているらしい。
そして、敏行から手紙が来た。これは念願叶って、深い関係になった後のことなんだけど。こんなことが書いてあったんだ。
「雨が今にも降りそうだよね。君のところに行くつもりだったんだけどさ、雲を見ながらどうしよっかな～って思ってるんだ。もし、オレがラッキーボーイなら、この雨は降らないよね」……手に入れたならもういいってか？　もちろんオレが女の代わりに歌を詠んで、それを贈らせたよ。

いろいろと私のこと、想ってくれてるの？　それとも、私のことなんて考えてもいないの？　聞きたいけど、そんなこと聞けない。聞けないので、雨が降るくらいで来ないという、その程度の思われようなのがわかるから、雨と同じように私の涙も、とめどなく流れています。

敏行は、前ほど熱心ではないことを見透かされていることに焦ったんだろうな、傘も持たずに、慌てて家を飛び出したみたいでさ、雨に打たれてびしょびしょになってやって来たぜ。

ふっ、一度女を手に入れられたなら、その後、男がどんな気持ちになるかなんて、オレには余裕でわかっちゃうから、図星だったのは当然っちゃ当然だよね。

☰☰☰☰☰☰☰☰☰☰☰☰☰☰☰☰☰☰☰☰

★超豪華な〝ゴーストライター〟

当時は、「手紙のやりとり」が男女の交際ですから、手紙が上手に書けないと、彼氏彼女ができません。相手にしてもらえないのです。手紙には和歌が必須ですから、つまり、和歌が詠めないとアウト。反対に和歌が上手だとモテモテなのです。

高貴な男性に見初めてもらうためには、「和歌」と「習字」（と「音楽」）はマスト！これらは貴族女性の必須教養でした。

ですが、みんながみんな得意ではないでしょうし、まだ幼ければ拙い和歌しか詠めない子だっているでしょう。そんな時には、年配の教養がある女房などが代理で手紙を書いたりしていたようです。

今回は、業平が代理で案を与える話です。本書では「業平の家に仕えていた侍女」としましたが、一説には「業平の妹ではないか」ともいわれています。どちらにしろ、まだ若くて、そういうことにはちょっと疎い女の子に、業平が助け船を出したのです。和歌の名人ですから、そりゃ相手の男性［＝敏行］は、夢中になったでしょうね。

ですが、実際逢う場合は、さすがに代わりになることはできません。敏行の女に対する熱が冷めたのは、体の関係を結べたから、というのもあるかもしれませんが、実際に逢った時の感じが、「あれ？　なんか手紙の時と違って、発言が幼いな??」となったことも、原因の一つとなっているのではないかと思われます。

ですが、さすが業平。そうなってしまった男を、また来させるような和歌を詠んで贈っていますね。

他の作品で同じように年輩の女房がゴーストライターをしていた話があります。その女房がいない日に男性から手紙が来てしまいます。女房が帰ってくる日まで待っておけばよいものを、彼女はうれしくて焦って自分で手紙を書いてしまいます。いつもと違ったヘッタクソな和歌が届いて男性はすっかり冷めてしまった、という話もありますよ。当時の恋愛において、**和歌がヘタクソだと致命的**なのです。

原文

昔、あてなる男ありけり。その男のもとなりける人を、内記《ないき》にありける藤原の敏行《としゆき》といふ人よばひけり。されど若ければ、文《ふみ》もをさをさしからず、ことばもいひ知らず、いはむや歌はよまざりければ、かのあるじなる人、案をかきて、書かせてやりけり。めでまどひにけり。さて男のよめる。

つれづれのながめにまさる涙河《なみだがわ》袖のみひちてあふよしもなし

返し、例の男、女にかはりて、

あさみこそ袖はひつらめ涙河身さへながると聞かば頼まむ

といへりければ、男いといたうめでて、今まで、巻きて文箱《ふばこ》に入れてありなむといふなる。

男、文おこせたり。得てのちのことなりけり。「雨の降りぬべきになむ見わづらひ侍《はべ》る。身《み》さいはひあらば、この雨は降らじ」といへりければ、例の男、女にかはりてよみてやらす。

かずかずに思ひ思はず問ひがたみ身を知る雨は降りぞまされる

とよみてやれりければ、蓑《みの》も笠《かさ》も取りあへで、しとどにぬれてまどひ来にけり。

現代語訳

昔、高貴な男がいた。その男のところにいた女に、内記であった藤原敏行という人が求婚した。しかし、（女は）若いので、手紙もしっかり書けず、言葉の使い方も知らず、まして歌は詠まなかったので、女の主人である男が、下書きを書いて、女に書かせて贈った。（敏行は）とても感心した。そこで男（＝敏行）が詠んだ（歌）。

退屈で物思いにふけっているが、長い雨よりもまさって、止まることなく流れる涙が河になり袖ばかりが濡れて、あなたと逢う方法がない。

返事として、主人の男が、女に代わって、

浅いので袖しか濡れないのでしょう。あなたの身が流れるほど、涙の河が深いと聞いたならば、あなたを頼りにしよう。

と詠んだので、男（＝敏行）はたいそうひどく感心して、今でも、（その手紙を）巻物にして文箱に入れているということだ。

男〔＝敏行〕が、手紙をよこした。女と結ばれた後のことだった。「雨が降りそうでどうしようか迷っています、私の身に幸運があれば、この雨は降らないだろう」と書いてあったので、主人の男が、女に代わって、

いろいろと思ってくれるのか、思ってくれないのか、聞くわけにもいかず、私がどう思われているかがわかる雨は、どんどん降るのね。

と詠んで贈ったので、（敏行は）蓑も傘も手にとることができないくらい急いで、ずぶ濡れになって駆けつけた。

ワンポイントレッスン

「身を知る雨」とは

女性が、男性から愛されていないことがわかる、「自分の身の程を知る雨」のことです。「悲しみ流す涙」の意味が込められています。

二 他人の不幸をもナンパに使っちゃうよ

【超現代語訳】

昔、オレ、高貴な女性に仕えていた侍女が亡くなったことを耳にしたんだ。だから、弔問する体《てい》で、高貴な女性に歌を贈ったよ。

昔はこういうこともあったのかもしれないけれど、僕は今、知ったのです。まだ見たことがない人のことを恋しく思うということを――。

一応、弔問の手紙だからね、「まだ見たことがない人」というのは亡くなった侍女のことだよ。だけど、本当の本当は、この高貴な女性のことを言ってるのさ。返事？　もちろん来たよ。

「誰かから恋い慕われると下着の紐が解ける」という言い伝えがありますよね。だけど、私の下着の紐、解けてないわ。だから、あなたの言うことはあてにならないわね。

うわ、さすがだな。「本当は君のことだよ」なんて言わなくても通じてるよ。なんて手ごたえのある素敵な女性なんだ。ますます気に入った！　さあ、返事を書くぞ。

「あなたが恋しいです」なんて言葉で伝えるような野暮なことは、絶対にしませんよ。まあ、見ててごらんなさい、そのうち解けますから。あなたの下着の紐が解けたら、僕が想っているからだってわかってほしいな。

☆「昔男」のことは嫌っても業平のことは嫌わないで！

後半を読んでいくうちに、最初が弔問だったことを忘れてしまいそうな内容ですね。さぞかしこの亡くなった侍女も、**「おいおい、私を利用するな！」**とあの世からツッコんでいることでしょう。初めから業平は弔問のつもりはないのですけどね。あくまでも口実であって、狙いは最初から貴族女性です。

人が亡くなっているのに、なんだか不謹慎な話だな、と思われるかもしれませんが、この貴族女性の歌と最後の歌は『後撰和歌集』に収録されている和歌で、掲載されている順番が逆なのです。

さらに、最後の和歌の詠者は在原元方《もとかた》で、業平ではありません。元方は業平の孫で、歌人です。女性の和歌は「詠み人知らず」となっており、誰かは不明です。元方が、とある女性に「あなたを恋しいとは、もう言いません。あなたの下紐が解けるだろうが、私が慕っているからだと知ってほしい」と詠み、女性が返事として、「下紐が解けるのが印だということですが、解けないので、お話ししてくれるようには思ってくれていないのでしょう」と詠んでいるのです。

それを、この段では、最初の弔問の返事として不明女性の和歌を使い、その返事として元方の和歌を使って構成しています。ということで、業平は無実ですし、後半を読んでいくと前半を忘れてしまうような感覚になるのも無理はありません。そもそもずっとお伝えしているように、『伊勢物語』は史実ではありませんし、「昔男」が業平だという確証もなく、使用されている男の和歌も、業平の和歌だけというわけではありません。

ただし、「業平がモデルとされている男の一代記」という前提を事実として解釈すると、人が亡くなったことすら利用する色好みなとんでもない男ですよね。ですが、事実ではないので、業平のことを嫌いにならないであげてください（しかも、【超現代語訳】では、私がけっこうオーバーにチャラ男に仕立てている場合もありますので……）。

原文

一 昔、男、やむごとなき女のもとに、なくなりにけるをとぶらふやうにて、いひやりける。

いにしへはありもやしけむ今ぞ知るまだ見ぬ人を恋ふるものとは

返し、

下紐《したひも》のしるしとするも解けなくに語るがごとは恋ひずぞあるべき

また、返し、

恋しとはさらにもいはじ下紐の解けむを人はそれと知らなむ

現代語訳

昔、男が、高貴な女性のところに、亡くなった人を弔問するように、詠んで贈った(歌)。

昔はあったのだろうか。私は今、知った。まだ見たこともない人を恋しく思うとは。

返歌として、

下紐が解けると恋い慕われている証拠というが、私の下紐は解けないので、あなたが言うほどには私に恋していないのだろう。

また、男の返歌として、

恋しいとは言葉で決して言うまい。下紐が解けたら、私が慕っているからだと知ってほしい。

ワンポイントレッスン

「さらに～打消」は

「決して～ない」「全然～ない」と訳す全否定です。「いはじ」の「じ」は打消意志の助動詞。よって、「さらにもいはじ」は「決して言うまい」と訳します。

二〇 君の「鍋の数」はいくつだい？

【超現代語訳】

昔、オレが、「あの子は絶対、まだ男性経験ゼロだな」と思っていた女がいたんだ。それが、エリート男とこっそりそういう仲らしくてさ。その後しばらくして、オレはこんな歌を詠んだんだ。

近江（現・滋賀県）の筑摩《つくま》神社のお祭り、早くしてほしいな。あの堅物そうな女が、どれだけ鍋をかぶるのか見てやるぜ。

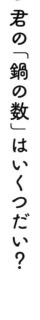

いったい、何の話？

筑摩《ちくま》神社（**【超現代語訳】**は原文の振り仮名に合わせて「つくま」にしましたが、現在は「ちくま」と読みます）付近にお住まいの方以外は、**「そもそも鍋をかぶるって何？」**ってなりますよね。そして、その鍋の数がどうして気になるのか、意味不明だと思われます。

筑摩神社は、滋賀県米原《まいばら》市にある神社です。「鍋冠祭《なべかぶりまつり》」は今でも五月三日に行われており、日本三大奇祭の一つで、無形民俗文化財にも指定されています。現代では、筑摩の御旅所《おたびしょ》から筑摩神社までを二百人の行列が二時間ほど練り歩くのですが、その中に、狩衣《かりぎぬ》を着た七、八歳くらいの少女が、黒い張子の鍋をかぶって加わる形となっています。

業平の時代は、**十五歳未満の女性が、体の関係を持った男性の数だけ鍋をかぶって参詣し、その鍋を奉納する**という、それはもうセクハラ満載なルールだったようです。しかも、偽った場合は「天罰がくだる」とされていました。

江戸時代の中期に、わざと少ない数の鍋をかぶった女性がいたようで、鍋を落とされ笑いものになった挙句、お宮の池に飛び込み自死するという痛ましい事件が起き、藩主がこのお祭りを禁止しました。

しかし、昔からの伝統あるお祭りですから、住民が嘆願した結果、現在のルールとなって復活したそうです。

こうして『伊勢物語』にまで取り上げられている有名なお祭りですから、最初の奇妙なルールはさておき、途絶えてしまうのはたしかにもったいないですよね。形は変わったとはいえ、こうして千年以上も伝えられているお祭りが今も実施されていること、素晴らしいですね。

原文

昔、男、女のまだ世経ずとおぼえたるが、人の御もとにしのびてもの聞こえて、のち、ほど経て、

近江《おうみ》なる筑摩《つくま》の祭とくせなむつれなき人のなべのかず見む

現代語訳

昔、男が、女でまだ男性関係がないと思われた女が、ある高貴な人のところでこっそりと愛を交わして、その後、しばらく経って（男が詠んだ歌）、

近江の国にある筑摩神社の祭を早くしてほしい。薄情な女の鍋の数を見てやろう。

ワンポイントレッスン

「世経ず」とは

「世」には「世の中・世間」や「現世」の意味もありますが、「男女の仲・夫婦仲」の意味もあり、ここでの「世」は後者です。「世経ず」は、まだ体の関係を持ったことがないことです。ゲスな言い方をすれば「童貞」や「処女」のことですね。

二三 飽きちゃったんだよね

超現代語訳

昔、オレ、深草《ふかくさ》に住んでいた女とつき合ってたんだけど、まあ、飽きちゃったんだよね〜。だから、こんな歌を詠んだんだ。

長年通ってきたこの深草の里からオレが出て行ったなら、ますます雑草とか生えちゃって、それこそ名前のまんま草深い野となっちゃうんだろうねぇ。

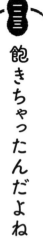

そしたら、女からこんな返事が。

草深い野となったら、私はウズラになって鳴いてるでしょうね。そしたら、あなたはせめて狩りにだけでも、そう、仮にも来ないことなんてないはずだから。きっとあなたは来てくれる——そう信じてる。

あ、ちょっと、かわいいかも。捨て去るのは……やめとくか。

☰☰☰☰☰☰☰☰☰☰☰☰☰☰☰☰☰☰☰☰

★「深草」といえば「鶉《うずら》」

深草は、京都市伏見区の北部のあたりです。

「深草」と「鶉《うずら》」で有名な和歌は、『千載《せんざい》和歌集』の撰者・藤原俊成《しゅんぜい》の「夕されば野辺の秋風身にしみてうづら鳴くなり深草の里」（夕方になると野原に吹く秋風が身にしみて、鶉が鳴いているようだ。この深草の里で）です。

俊成は、『伊勢物語』のこの一二三段の和歌をもとにして詠んでいます。この俊成の和歌から、「深草」は「鶉の里」として知られるようになったのです。

「ご吉兆！　ご吉兆！」

深草地域のゆるキャラに「吉兆くん」という鶉のマスコットキャラクターがいます。名前の由来は、鶉の鳴き声が「ご吉兆」と聞こえるから。この鳴き声によって「縁起のよい鳥」としても親しまれており、「幸せの運び手」として深草地域に「吉」をもたらしますように、という思いが込められているそうです。とても素敵な由来ですね。

ただ、鶉の鳴き声、どう頑張って聞いても私には「ご吉兆」には聞こえなくて、一番それに近い鳴き声が「ギョッ、ギョエエエ」という感じかと。ヒメウズラだと「ケ、コ、コ」のようなかわいらしい鳴き声の子もいますし、いろんな鳴き方をするのでしょうね。残念ながら、私はまだ「ご吉兆」と聞こえる鳴き声の子には、出会えていません。

『伊勢物語』のこの和歌のウズラ（女性）も、「鳴いている」と詠んでいますが、絶対に「ご吉兆」という鳴き声ではないはずです。男性が出て行ってしまい、さらに荒れたようなさみしい場所になり、その状況で「ウズラとなり、鳴く」という内容ですから、そんなさみしい設定なのに、「ご吉兆♪　ご吉兆♪」と鳴いていれば、なんだかぶち壊しですよね。
ということで、本当は「ご吉兆」という縁起のよい鳴き声の鳥だといわれているのですが、この和歌の時は、さみしそうな切ない鳴き声をイメージするほうがしっくりくるかと思われます。

原文

昔、男ありけり。深草にすみける女を、やうやう飽きがたにや思ひけむ、かかる歌をよみけり。

年を経てすみこし里をいでていなばいとど深草野とやなりなむ

女、返し、

野とならば鶉《うずら》となりて鳴きをらむかりにだにやは君は来ざらむ

とよめりけるにめでて、ゆかむと思ふ心なくなりにけり。

現代語訳

昔、男がいた。深草に住んでいた女を、だんだん飽きたのだろうか、このような歌を詠んだ。

何年も住んだ深草の里を私が捨て去ったら、ますます草深い野となってしまうだろうか。

女が、返歌として、

草深い野となるなら、私は鶉となって鳴いているだろう。せめて狩りにだけでもあなたは仮に来てくれないだろうか、いや、きっと来るだろう。

と詠んだのに感動し、(男は)出て行こうと思う心がなくなった。

ワンポイントレッスン

「やは」の意味

係助詞の「や」「か」には、疑問（どうして～か）と反語（どうして～か、いや、～ない）の意味があります。どちらの意味かは文脈で判断をすることが必要ですが、「やは」「かは」の場合は「反語」になることが多いのです。女の和歌に「やは」がありますが、この場合も「反語」です。「ざら」が打消の助動詞「ず」の未然形なので、「どうして来ないだろうか、いや、来る」となります。

一二四 人はどこまで行っても孤独なんだ

【超現代語訳】

昔、オレが、どんなことを思った時だったっけな、こう詠んだのさ。

思ってることは言わないで、そのままオレの胸の中だけに秘めておこう。オレと同じことを考えてる人なんて、誰もいないんだから……。

✿ わかり合うことを諦めた業平

いったい何があったのでしょう。本人もそのきっかけは忘れてしまっているみたいですが、言葉にしても、本当に言いたいことをわかってもらえない、と考えたようですね。

ですが、私は、本当にわかってほしいことがあるならば、伝えなければ相手には伝わらなくて当然だと考えます。たしかに、伝えてもわかってもらえないことだって多々あるでしょう。ですが、黙っていたら、もっとわかってもらえるわけがありません。「言わなくても察してほしかった」なんて夢のまた夢です。わかり合うためには、伝え合うことを諦めてはいけません。私はそう思っています。

ただし、この段が一二四段、つまり最終段の一つ前にあることを考えると、少し印象が変わってきます。まだまだ若い頃なのであれば、さっき書いたように伝え合うことが大事だと思いますが、もう死を意識するような頃に、こういう境地に至ったのです。人はどこまで行っても孤独なんだという、とても深く重いメッセージなのではないでしょうか。私はその境地にはまだまだたどり着きたくないですし、諦めたくはないですが、それでも死の前にそう感じた業平に、先ほどのように「伝え合うことを諦めてはいけない」とは言えない——そう思うのです。

原文

昔、男、いかなりけることを思ひけるをりにかよめる。

思ふこといはでぞただにやみぬべきわれとひとしき人しなければ

現代語訳

昔、男が、どんなことを思った時であろうか詠んだ（歌）。

思うことを言わないで、そのまま終わりにしてしまおう。私と同じ思いの人なんていないので。

ワンポイントレッスン

「人しなければ」の「し」は

「AしBば」の「し」は強意の副助詞で、訳不要です。「人しなければ」の「し」がそうですね。「人がいないので」という訳になります。

一二五 人は誰しも……

【超現代語訳】

昔、オレが、病気になって、「もうダメなんじゃないか」って思って詠んだ歌を、最後に紹介するぜ。

最後に行く道だとは前から聞いていたが、それが、昨日や今日にさしせまったことだなんて思ってもいなかったよ。

☆ 業平の「辞世の歌」に込められた思い

「死」は絶対に避けられません。命だけではなく、永遠にこの世にあるものなんて何もないのです（これを「無常」といいます）。いつかは滅びてしまう、いつかは消えてしまう、それが自然の摂理なのです。

「そうわかっていても、まさか、それが『今日』とは思ってもいない」というのは、特に健康な人であれば、ほとんどの人があてはまるのではないでしょうか。

けれど、いつ、何が起きるかはわかりません。さっきまで元気に生きていたのに、本当に突然、ということも、いくらでも起こりえるのです。寝て、また目が覚めることを当然のように思っているかもしれませんが、「当然」ではありません。毎分、毎秒が奇跡の積み重ねなのです。「今日も無事に目が覚め、一日無事で過ごせたことに感謝をして、毎日を大切に過ごそう」と、この和歌を目にするたびに思います。

これにて、『伊勢物語』の昔男の一代記は終わりです。恋愛に関しては、けっこうハチャメチャな感じでしたが、最後は心に響く和歌でバッチリ締めてくれた業平。
あなたもやらずに後悔していること、ありませんか？
この和歌が背中を押してくれることがあるかもしれません。心の片隅にとどめていただけたなら、とてもうれしく思います。

原文

昔、男、わづらひて、心地死ぬべくおぼえければ、
つひにゆく道とはかねて聞きしかどきのふけふとは思はざりしを

現代語訳

昔、男が、病気になって、死にそうに思えたので、
最後には行く道とは前から聞いていたが、昨日今日にさしせまっているとは思わなかったなあ。

（了）

〔参考文献〕
『新編 日本古典文学全集(12)竹取物語 伊勢物語 大和物語 平中物語』片桐洋一、福井貞助、高橋正治、清水好子(校注・訳)／小学館
『《新潮日本古典集成》伊勢物語』渡辺実(校注)／新潮社
『新潮古典文学アルバム5 伊勢物語・土佐日記』片桐洋一(編集・執筆)、後藤明生(エッセイ)／新潮社
『伊勢物語 その遊戯性』荻原晃之／上毛新聞社

本書は、本文庫のために書き下ろされたものです。

眠《ねむ》れないほど面白《おもしろ》い『伊勢《いせ》物語《ものがたり》』

著者　岡本梨奈（おかもと・りな）
発行者　押鐘太陽
発行所　株式会社三笠書房
〒102-0072 東京都千代田区飯田橋3-3-1
電話　03-5226-5734（営業部）03-5226-5731（編集部）
https://www.mikasashobo.co.jp
印刷　誠宏印刷
製本　ナショナル製本

 ISBN978-4-8379-3014-3 C0195

王様文庫

王様文庫

眠れないほど面白い『枕草子』

岡本梨奈

「言葉」と「教養」を武器に自分らしく、たくましく！　清少納言が千年の後まで伝えたかったこととは——？　古典の女神・岡本先生が『枕草子』を超訳！　まるで清少納言とガールズトークをしているよう!?　「ワンポイントレッスン」付きで学び直しや受験にも役立つ！

眠れないほど面白い『古事記』

由良弥生

意外な展開の連続で目が離せない！　「大人の神話集」！　◇【天上界vs.地上界】出雲の神々が立てた〝お色気大作戦〟　◇【恐妻家】嫉妬深い妻から逃れようと〝家出した〟神様　◇【日本版シンデレラ】牛飼いに身をやつした皇子たちの成功物語　……読み始めたらもう、やめられない！

眠れないほどおもしろい百人一首

板野博行

百花繚乱！　心ときめく和歌の世界へようこそ！　恋の喜び・切なさ、四季折々の美に触れる感動、別れの哀しみ、人生の儚さ、世の無常……わずか三十一文字に込められた、日本人の〝今も昔も変わらぬ心〟。王朝のロマン溢れる、ドラマチックな名歌を堪能！

K30591